目次 Contents

honzuki no gekokujou
shisho ni narutameniha
shudan wo erandeirarememasen

《第四部　貴族院的自稱圖書委員IX》卷首彩頁

《第五部　女神的化身Ⅰ》卷首彩頁

《第五部　女神的化身II》卷首彩頁

《第五部　女神的化身III》卷首彩頁

《第四部　貴族院的自稱圖書委員IX》封面

《第五部　女神的化身 I》封面

《第五部　女神的化身 II》封面

《第五部　女神的化身III》封面

Junior 文庫《第一部　士兵的女兒２》封面

Junior文庫《第一部　士兵的女兒3》封面

Junior 文庫《第一部　士兵的女兒4》封面

2019《小書痴的下剋上》耶誕明信片

2020年6月《小書痴的下剋上》特展卡片

《小書痴的下剋上》廣播劇 4

《小書痴的下剋上》廣播劇 5

《小書痴的下剋上》OVA外傳

動畫《小書痴的下剋上》第１話片尾卡片　椎名優

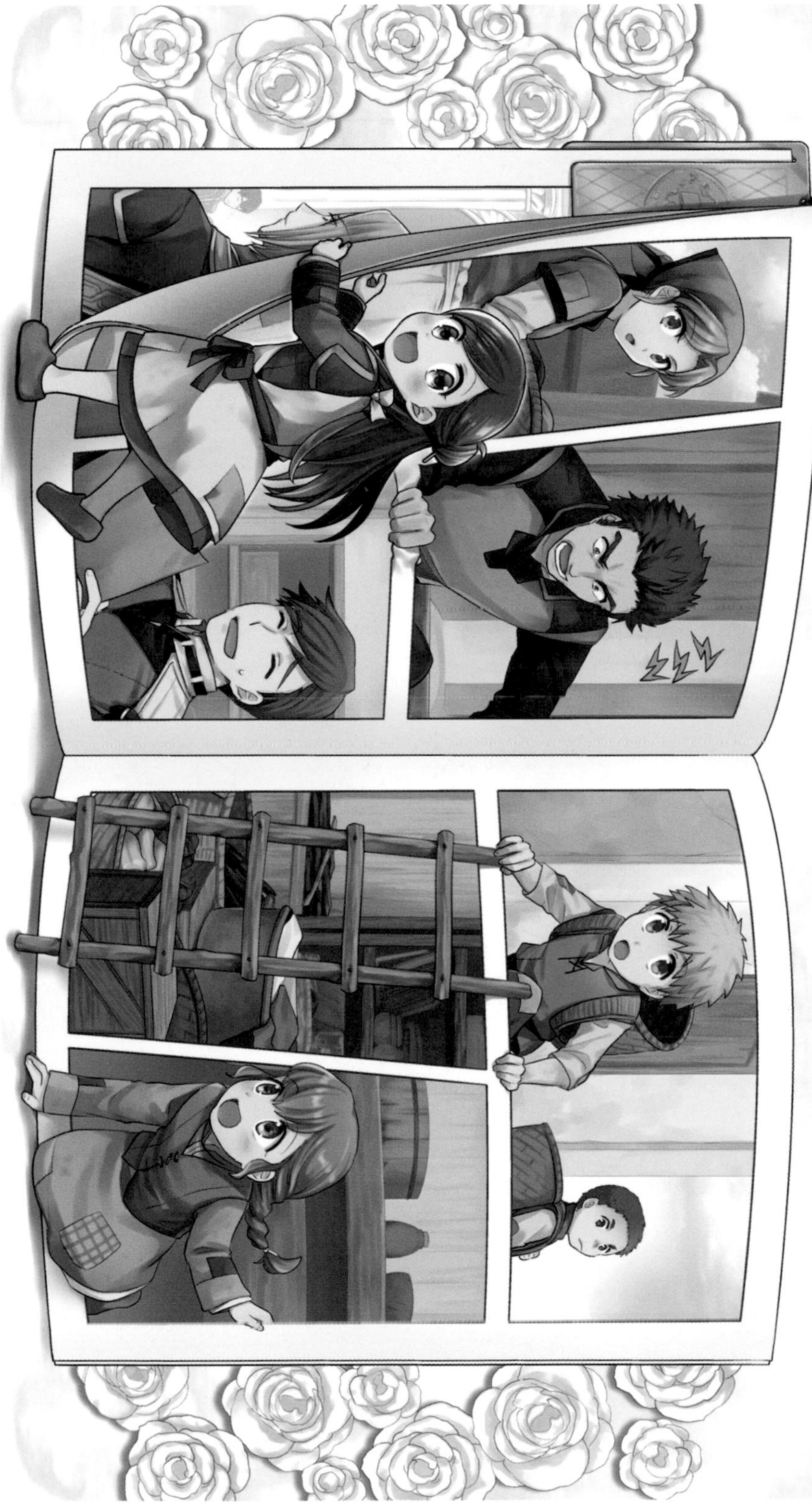

動畫《小書痴的下剋上》第2話片尾卡片　鈴華

動畫《小書痴的下剋上》第3話片尾卡片　波野涼

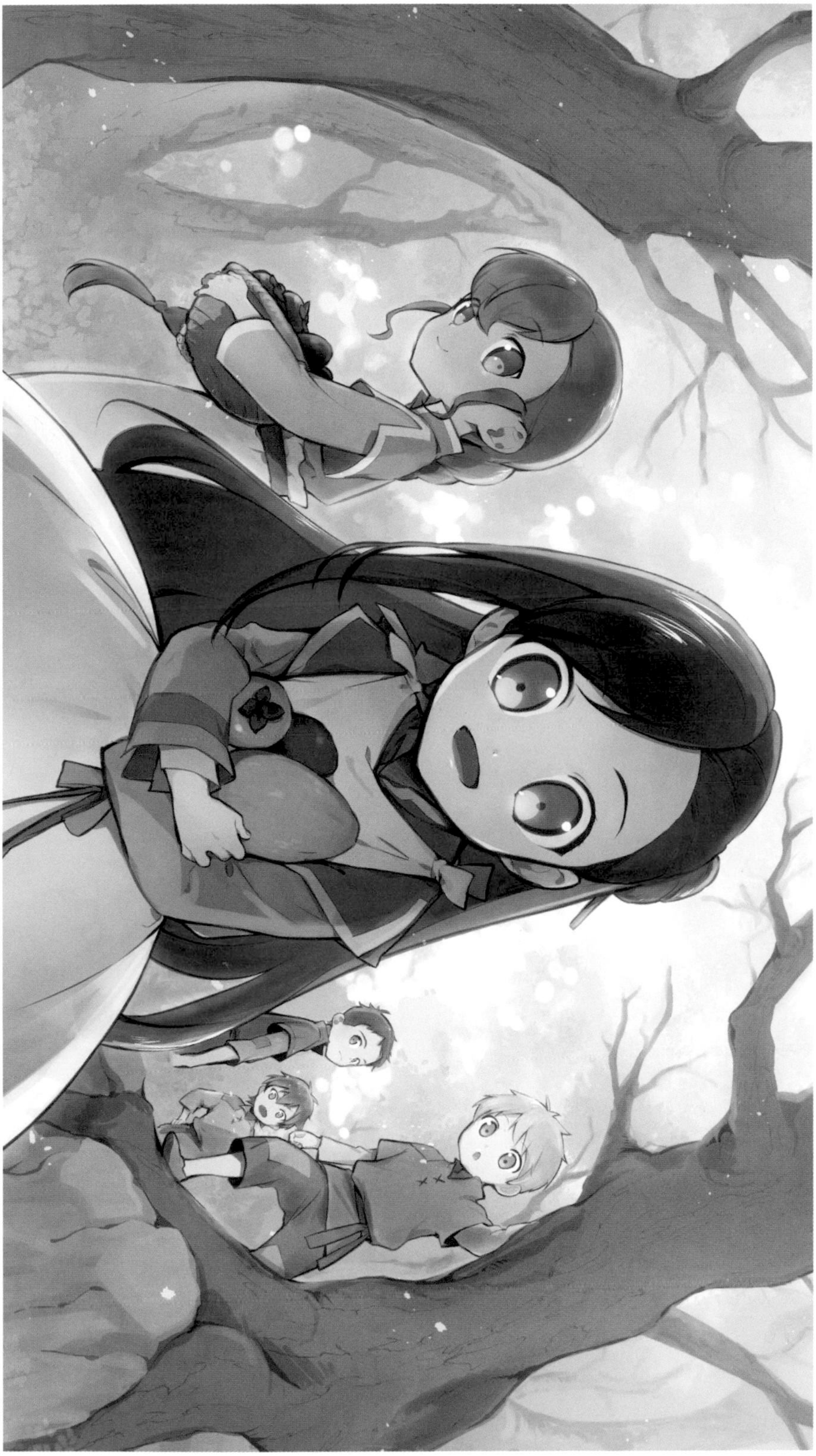

動畫《小書痴的下剋上》第4話片尾卡片　飯田せりこ

動畫《小書痴的下剋上》第5話片尾卡片　よー清水

動畫《小書痴的下剋上》第6話片尾卡片　木虎こん

動畫《小書痴的下剋上》第7話片尾卡片　ちま

動畫《小書痴的下剋上》第8話片尾卡片　八川キュウ

動畫《小書痴的下剋上》第9話片尾卡片　秋咲りお

動畫《小書痴的下剋上》第10話片尾卡片　和音

動畫《小書痴的下剋上》第11話片尾卡片　菊野郎

動畫《小書痴的下剋上》第12話片尾卡片　椋本夏夜

動畫《小書痴的下剋上》第13話片尾卡片　環望

動畫《小書痴的下剋上》第14話片尾卡片　戶部淑

動畫《小書痴的下剋上》第15話片尾卡片　上条衿

動畫《小書痴的下剋上》第16話片尾卡片　さんど

動畫《小書痴的下剋上》第17話片尾卡片　珠梨やすゆき

動畫《小書痴的下剋上》第18話片尾卡片　鈴ノ助

動畫《小書痴的下剋上》第19話片尾卡片　TAKTO/miyo.N

動畫《小書痴的下剋上》第20話片尾卡片　碧風羽

動畫《小書痴的下剋上》第21話片尾卡片　さがら梨々

動畫《小書痴的下剋上》第22話片尾卡片　ちょこ庵

動畫《小書痴的下剋上》第23話片尾卡片　泉光

動畫《小書痴的下剋上》第24話片尾卡片　波野涼

動畫《小書痴的下剋上》第25話片尾卡片　鈴華

動畫《小書痴的下剋上》第26話片尾卡片　椎名優

動畫《小書痴的下剋上》讀書日角色卡　背面

動畫《小書痴的下剋上》讀書日角色卡　正面

動畫《小書痴的下剋上》角色卡　背面

動畫《小書痴的下剋上》角色卡　正面

《第四部　貴族院的自稱圖書委員IX》卷首彩頁草稿

《第五部　女神的化身I》卷首彩頁草稿

《第五部　女神的化身 II》卷首彩頁草稿

《第五部　女神的化身 III》卷首彩頁草稿

《第五部　女神的化身 I》封面草稿

《第四部　貴族院的自稱圖書委員 IX》封面草稿

《第五部　女神的化身 III》封面草稿

《第五部　女神的化身 II》封面草稿

Junior 文庫《第一部　士兵的女兒３》封面草稿

Junior 文庫《第一部　士兵的女兒２》封面草稿

2019《小書痴的下剋上》耶誕明信片草稿

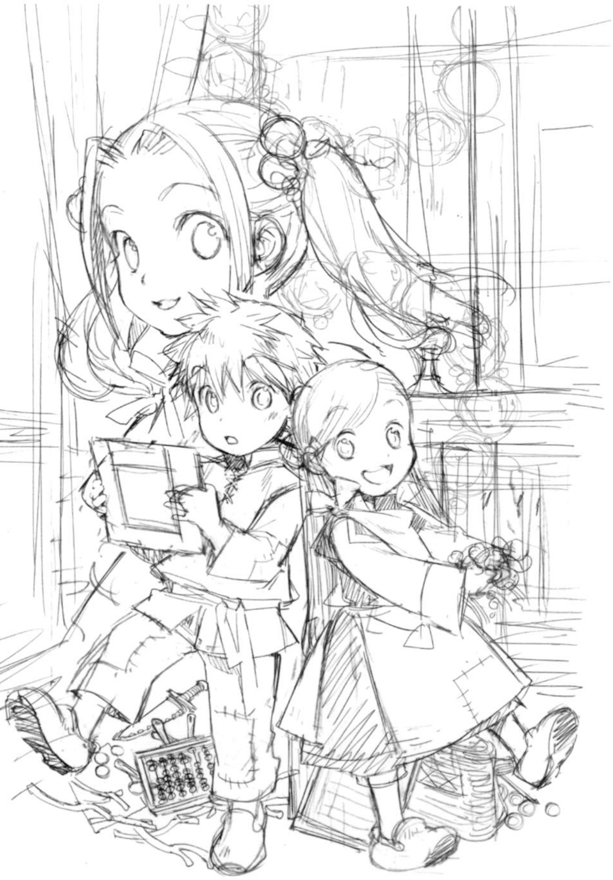

Junior 文庫《第一部　士兵的女兒４》封面草稿

《小書痴的下剋上》廣播劇 4 草稿

2020 年 6 月《小書痴的下剋上》特展卡片草稿

《小書痴的下剋上》OVA 外傳草稿

《小書痴的下剋上》廣播劇 5 草稿

魔力配色與訂婚儀式

香月美夜

時值秋季中旬，羅潔梅茵大人正為了收穫祭前往領內各地。一隻奧多南茲滑行似地飛進近侍室，在屋內繞了一圈後在我手臂上降落。

「哎呀，難得有人捎來奧多南茲找莉瑟蕾塔呢。」

飛到近侍室來的奧多南茲通常是找黎希達或奧黛麗，所以我也睜大了雙眼注視白鳥。以思達普輕敲之後，白鳥發出父親大人的話聲，內容是要我「請幾天假」。

「……大概是我的結婚對象決定了吧。」

為子女決定結婚對象是家主的責任。儘管也有人會在貴族院內自己尋找對象，但大多數人都未能得到家主許可，最終只有在貴族院的時候才能見面交往。我因為是繼承人，結婚對象必須願意入贅、融入我們這個家。因此，打從一開始我便全權交由父親大人為自己尋找對象。

話雖如此，父親大人也尊重了我提出的要求。我希望自己的結婚對象能是韋菲利特大人的近侍，或是其近侍們的近親，又或是在城堡裡工作的侍從。因為我想像父親大人與母親大人那樣，成為都在城堡裡工作的夫妻，為下任領主夫婦效勞。這就是我的心願。

「莉瑟蕾塔，到了冬天妳便升上最高年級了。倘若結婚對象正式定了下來，就得準備訂婚儀式、訂做衣裳，有很多事情要忙吧？反正羅潔梅茵大人在收穫祭結束前都不會回城堡，妳就慢慢來吧。」

黎希達爽快地讓我請了假，然後我在她與奧黛麗的目送下走出近侍室。

……不知道決定是哪一位了？羅潔梅茵大人的近侍裡多是萊瑟岡古的貴族，因此我很希望找到的對象，有助於我們與舊薇羅妮卡派建立起良好關係……

即便向父親大人提出過自己的要求，但未必可以如願。我抱著期待與不安交織的忐忑心情，返回家中。

「莉瑟蕾塔，我們決定好候補人選了。」

「哎呀，還只是候補人選嗎？」

父親大人說的話讓我偏過臉龐。明明家主擁有決定權，現在卻還沒有確定，這是怎麼一回事呢？

「妳學習了羅潔梅茵大人的魔力壓縮法以後，魔力一直在成長吧？若不讓你們當事人先見一面，我也不好自行決定。」

一般說來，未婚子女的魔力量和屬性並不會與父母相差太多，因此只要由雙方的家長出面，便能為孩子決定對象。但是，一旦無法確定雙方子女的魔力能否匹配，便不能草率決定，因為以後可能會難以誕下子嗣。

……羅潔梅茵大人想出的魔力壓縮法固然了不起，但太過劇烈的變化也會帶來壞處呢。

近來，我只能隱隱約約感知到父親大人的魔力。倘若繼續認真地壓縮魔力，再過一、兩年的時間，就會完全感知不到了吧。但也說不定在那之前，我的魔力便會先停止成長。

「雖然我也想在侍從裡為妳尋找對象，但魔力、年紀與階級都要能匹配的人選實在是找不到。萬一重蹈上次的覆轍就糟了吧？」

我們家因為多數成員都是侍從，父親大人本是在侍從當中為我挑選對象。但是，在父親大人與母親大人熟識的人當中，似乎始終找不到合適人選。其實去年冬末，曾找到一名魔力量勉強匹配的對象，也都已經準備訂婚。然而訂婚儀式之前，卻發現雙方魔力量的差距又再拉開，我們已經感知不到彼此的魔力，這樁婚事於是告吹。

「難為父親大人為我覓得良緣，對您實在抱歉，但我既然要侍奉羅潔梅茵大人，便會努力繼續壓縮魔力。」

以我目前的情況，魔力量能匹配的對象將只有上級貴族，但他們大多不願為了結婚而降為中級貴族。因此，父親大人想要找到對象似乎非常困難。

……儘管會給父親大人與母親大人造成困擾，但若要侍奉羅潔梅茵大人，魔力就算成長再多也不夠用呢。

主人的魔力量可謂異於常人，如果想要追上她，魔力自然是越多越好。我不會為了要結婚就停止壓縮魔力。再者現在比起結婚，我更熱中於工作。

「先前曾有人介紹說，倘若不介意是文官的話，那倒有個人選。妳認識韋菲利特大人的文官妥斯登大人嗎？」

「是的，當然認識。記得成年之際，他還把就讀貴族院時留長的棕色頭髮剪短吧？雖然平常很少與他接觸，但印象中很有文官氣息。」

可能因為是侍奉領主一族的上級文官，他散發出來的氣質和哈特姆特一模一樣。就是臉上帶著溫和笑容的同時，又能毫不猶豫地算計他人。

「但是否有什麼特殊原因呢？那個，因為我沒想到會有上級貴族願意在結婚後自降階級……」

「妥斯登大人雖是上級貴族，但他因是家中的三男，繼承不了家產，自己也沒有足夠的積蓄能以上級貴族的身分自立門戶，所以聽說一直在找能夠入贅的人家。」

繼承家產的人，基本上會得到祖先代代傳承下來的魔導具與魔石。所以若想自立門戶，就得自行準備符合身分的魔導具與家具等用品。要是老家不願提供協助，妥斯登大人得在經過很長的一段時間以後，才有辦法結婚並自立門戶吧。

「但他既然是領主一族的近侍，與其因結婚而自降階級，保持單身更有利於工作吧？否則階級一旦降低，不會很多事情都不太方便嗎？」

「當然，對方似乎也有自己的考量。據說他們雖想與羅潔梅茵大人結緣，但又不想向萊瑟岡古的貴族靠攏，正好我們家屬於中立派……妳不滿意嗎？」

貴族的婚事，向來是兩家衡量過利益的結果。家主都是在考量過家族的存續後訂下婚事，因此除非有什麼重大理由，否則一般無法拒絕。況且，我也知道父親大人為了找到魔力能與我匹配的上級貴族有多麼勞心傷神，更不可能拒絕了。

「只要對雙方都有好處、彼此也能互相尊重，這就是一門好親事。妥斯登大人也已經接受了階級會下降一事，才希望入贅至我們家吧？既然如此，我沒有任何不滿。我本來還做好了心理準備，即便找到魔力能夠匹配的男士，年紀可能比我小呢。」

「是嘛。」父親大人卸下心頭大石似地放鬆肩膀。「不過，我們雙方父母進行過魔力配色後，結果不太好說。妳請到假了嗎？我們希望後天你們兩人能進行魔力配色，若魔力能夠匹配，再進一步討論。」

「好的，讓父親大人費心了。那就麻煩您了。」

「不不不，跟安潔莉卡相比，妳讓我們省心多了。」

父親大人嘆氣道。春季尾聲，由於斐迪南大人奉王命要入贅至亞倫斯伯罕，護衛騎士艾克哈特大人決定一同前往。父母似乎以為姊姊大人身為未婚妻自然該跟著一起去，但姊姊大人沒先與父母商量便拒絕了。據悉姊姊大人一臉理所當然地說：「我已經拒絕了。」父母聽了雙雙抱頭苦惱，唯恐這樣的回覆太過不敬。

「不過這樣一來，就不用再擔心安潔莉卡會在上級貴族面前犯下大錯。對此，我們確實如釋重負。本以為，這次終於能在我們眼皮底下為她挑選結婚對象……」

不料，波尼法狄斯大人與艾薇拉大人皆表示：「我們一定負起責任，在一族當中為她找到下一個對象。」姊姊大人甚至以她認為結婚對象要很強為由，希望能嫁給波尼法狄斯大人。

……當時羅潔梅茵大人也很吃驚的樣子，但這樣的反應十分正常。因為雖說是自己的護衛騎士，中級貴族竟想嫁給領主一族的旁系。

同為近侍的夥伴，都曉得姊姊大人單純只是崇拜實力強大的人，但看在一般的貴族眼裡，會以為她野心勃勃，意圖成為領主一族旁系的一員吧。

聽說母親大人對此發出慘呼：「居然想成為領主一族的第三夫人，妳簡直不知天高地厚！」父親大人則是氣極怒斥：「妳也不想想年紀與身分的差距有多大！竟然完全不和父母商量，只看實力就說想嫁給誰！」

「……唉。安潔莉卡這門婚事，我們已經管不了，也沒人會管我們的想法。我都當作她已經嫁給波尼法狄斯大人的族人了。」

父親大人顯然已經放棄思考這件事。但是，這也無可厚非吧。既然波尼法狄斯大人與艾薇拉大人都打定了主意要幫姊姊大人尋找對象，我們身為中級貴族，不管說什麼都只會是不敬之舉。

「莉瑟蕾塔，要找到魔力能與妳匹配的對象，對父親來說確實有難度，但妳的婚事可千萬別讓領主一族來插手。」

「我不會和姊姊大人一樣，讓父親大人與母親大人為難。身為這個家的繼承人，我會盡到自己的義務。」

……此外這麼說雖然不妥，但其實比起父親大人，我認為波尼法狄斯大人挑選的結婚對象會更適合姊姊大人。

父親大人在挑選對象時當然也會為姊姊大人著想，但魔力量多半無法匹配吧。況且，父親大人與母親大人有往來的人多是侍從，很可能無法滿足姊姊大人希望另一半很強大的要求。但換作是非常疼愛羅潔梅茵大人的波尼法狄斯大人，想必會實現姊姊大人想繼續當護衛騎士的心願，為她找到實力強大的對象吧。也是為了姊姊大人的幸福，我會盡到這個家繼承人的本分，讓父親大人能夠放心。

「我是莉瑟蕾塔。兩天後，我將與韋菲利特大人的近侍妥斯登大人見面。關於他與他的親族，若有任何知道的事情請不吝告訴我吧。」

與父親大人談完話後，一回到房間，我立刻向黎希達與布倫希爾德送出奧多南茲。

「我是黎希達。哎呀，那麼往後便能一起輔佐下任領主夫婦，這真是一門好親事呢。妥斯登大人從韋菲利特小少爺受洗以後，便一直在身邊服侍他。論年資，現在應該僅次於奧斯華德吧？雖然談好的婚事曾因領內的情勢告吹，也目睹過主人的處境有多麼艱辛，但不管處在怎樣的情況下，他都十分沉得住氣。」

緊接著，黎希達也提供了妥斯登大人就讀貴族院時的成績、成為韋菲利特大人近侍的經過，以及現在的工作表現。論情報量，沒有人會比黎希達更豐富吧。而且她在近侍當中最為年長，對許多事情也十分了解。但無論什麼事情，她總是從對領主與對領地是好是壞的觀點來述說。再加上，可能因為是以領主一族旁系的身分在服侍領主，感覺不太在意家族的存續問題。

「我是布倫希爾德。妥斯登大人是舊薇羅妮卡派的上級貴族，當初還在薇羅妮卡大人的要求下成為近侍，在她失勢以後原本快要談好的婚事也就告吹了吧？雖然我不清楚他個人的想法，但整個家族對羅潔梅茵大人恐怕沒有什麼好感。要小心他入贅以後，未經家主同意就更改家族規定或是所屬派系喔。」

布倫希爾德因為是以下任基貝的身分接受教育，提醒了我招贅夫婿時該注意的事情。但是，畢竟她是站在萊瑟岡古貴族的立場提供情報，因此對妥斯登大人的評語比黎希達要嚴厲得多。

我整理了兩人提供的情報，也重新溫習了魔力配色與訂婚儀式的流程。因為這次要配合上級貴族，一切依照正式流程。

魔力配色會使用魔導具，來確認雙方的魔力量是否適合結婚、魔力在融合上能否順利，以及屬性是否相合等。在正式訂下婚約之前，一般會進行三次魔力配色。第一次是雙方父母決定結婚對象的時候，第二次是見面時由男女雙方親自檢測魔力，最後一次是當著親族的面宣布婚約時。

兩天後我們男女雙方即將見面，通常雙方父母都已經先檢測過魔力是否匹配，所以不太會有問題。即便男女雙方要進行魔力配色，也只是以防萬一。然而，這次因為子女輩的魔力量與父母輩不同，要想談成婚事，魔力配色就變得格外重要。

見面以後若沒問題，會開始準備訂婚儀式。訂婚儀式時會召集親族，再次進行魔力配色，向親族展示男女雙方的魔力匹配無疑，然後接受眾人的祝福、交換訂婚魔石。如此一來，男女雙方便會被世人正式認可為未婚夫妻。

不少中級貴族都沒有足夠的財力一再舉辦這種重大活動，因此親族當中若有年紀相仿的子女輩，便會幾對未婚夫妻一起舉行訂婚儀式。而且如果能與本家一起舉行，分家似乎就能少花一點錢，所以也曾有分家的人來問我們，我與姊姊大人預計何時舉行訂婚儀式。但是，由於我與姊姊大人都將與上級貴族結親，不可能在對方的親族面前，和自己的親族一起舉行訂婚儀式。聽說為了婉拒與致歉，父親大人忙了好一段時間。

……至於要怎麼與上級貴族談婚事，幸好可以參考之前姊姊大人與艾克哈特大人的魔力配色和訂婚儀式，真是教人鬆了口氣。

當時，由於姊姊大人預計嫁去當第二夫人，這樁婚事又是在波尼法狄斯大人的強力推動下促成，因此為了減輕我們家的負擔，都是艾薇拉大人負責籌備。不僅如此，為免旁人說閒話，她還鉅細靡遺地把流程教給我們。多虧於此，這次若要與妥斯登大人進行魔力配色，我們家不至於失了臉面吧。

「今日幸得時之女神德蕾梵庫亞的指引，讓吾等齊聚於此。願能得到結緣女神黎蓓思可赫菲的祝福。」

妥斯登大人與他的父母，以及日後要繼承家產的長兄夫婦，總計五人出席了今天的見面會。聽說二哥現在因為與妻子住在羅溫沃特，這天無法出席。我們家出來相迎的，則只有我與父母三人而已。雙方家長道完寒暄，再一一介紹出席成員。

但男方一行人看著我們，露出了困惑不解的表情。現場氣氛好像有哪裡出了差錯。父親大人態度恭謹，詢問是不是我們有哪裡做得不夠恰當，妥斯登大人的母親便以手托腮回道：

「請問另一位千金在哪裡呢？」

「安潔莉卡是護衛騎士，正陪同羅潔梅茵大人前往收穫祭……」

魔力配色魔導具想像圖

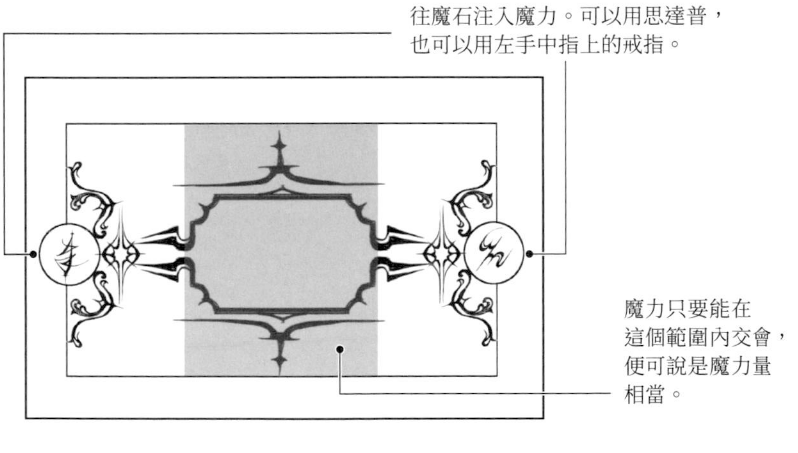

往魔石注入魔力。可以用思達普，
也可以用左手中指上的戒指。
魔力只要能在
這個範圍內交會，
便可說是魔力量
相當。

如果是與他領的貴族訂婚，會帶著這個魔導具參加貴族院的領地對抗戰，在雙方家長面前進行魔力配色。

政變過後，由於領地間的往來不如過往容易，向親族宣布婚約的這項儀式也漸漸被省略。
有時會在成婚時，趁著將行李送到境界門之際，僅由同行的親族簡單見證。

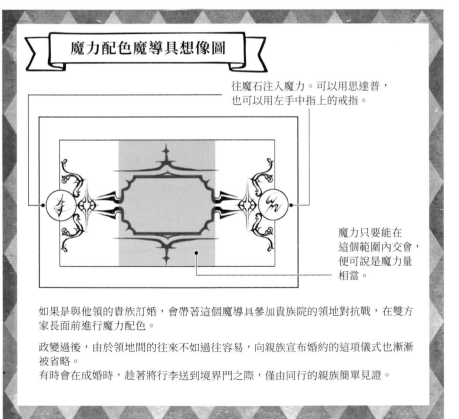

「但明明護衛騎士有那麼多人，她卻無法出席將決定妹妹婚事的見面會……應該不是反對這門婚事吧？」

對方詢問時的話聲非常擔心，我便露出安撫的笑容道：「姊姊大人絕沒有反對這門婚事。」姊姊大人即便出席了，大概也只會不發一語，面帶微笑坐在位置上吧。因為對姊姊大人來說，這是最簡單又能遠離麻煩的方法。

「是嘛。既然缺席並不代表反對，那我們就放心了。」

「那麼事不宜遲，馬上進行魔力配色吧。魔力量若不相當，也無法往下談。」

妥斯登大人的父親往備好魔力配色魔導具的桌子移動。其實這個場合本該由父親大人主導，但他大概覺得不必違抗已經慣於下令的上級貴族吧。

「妥斯登，你從這邊；妳則從這邊灌注魔力吧。」

面向魔力配色魔導具以後，我與妥斯登大人先是對望一眼，接著各自以戴著戒指的左手中指觸碰魔導具上的兩顆圓形魔石。

魔力從指尖被吸出，隨即流往魔導具中心的平坦長方形魔石。我的魔力是偏淺的黃綠色，妥斯登大人則是淡藍紫色。儘管妥斯登大人釋出的魔力在魔導具上占據了較大的面積，但我們的魔力確實在可以匹配的範圍內互相交會。魔力互觸以後，重疊的地方便滲開來般地慢慢融合。

「哦……和父母相比，莉瑟蕾塔的魔力量確實更多哪。」

父親大人他們觀察著魔導具測出的結果時，我感覺到指尖傳來了輕微的排斥感。代表不用再灌注魔力了吧。我與妥斯登大人都移開手指。

「嗯，魔力的融合看來也沒問題。那接下來你們自己好好談談，做出決定吧。畢竟妥斯登若要結婚，將會降為中級貴族。」

妥斯登大人的父親輕拍他的肩膀，要我們去另一張桌子討論。妥斯登大人邊看著侍從準備茶水，邊向我遞來防止竊聽魔導具。

「因為有可能提及我們彼此的主人……」

既然要討論結婚一事，不可能不提到彼此的工作。我點了點頭，接過黃色魔石。

「我聽說妳為了可以侍奉下任領主夫婦，希望結婚對象是韋菲利特大人的近侍或者城堡裡的侍從……」

「是的。所以對象若是妥斯登大人，便能實現我的心願。妥斯登大人，那您對於結婚對象有什麼期望嗎？呃，畢竟如同令尊所說，階級下降並不是可以輕易接受的事情吧？」

我問起在結婚上，妥斯登大人的家人有什麼期望後，他目光游移著陷入思考。

「其實現在大致符合我們的期望……雖不知道妳蒐集了多少與我有關的情報，但由於艾倫菲斯特的情勢與主人的處境不斷在改變，一直以來我都只能隨波逐流。在韋菲利特大人開始準備洗禮儀式的那段時間，薇羅妮卡大人便命令當時還是五年級生的我成為近侍。家人們還高興得舉起雙手贊成。」

然而，就在韋菲利特大人舉行洗禮儀式後，還沒過一個季節薇羅妮卡大人便垮下臺來，妥斯登大人的婚事也還沒談好便中途告吹。在那之後，又發生了韋菲利特大人的教育不足問題、白塔一事導致的廢嫡危機……他可謂是一波三折。

「請問您的家人對羅潔梅茵大人有什麼看法呢？據說因為她與薇羅妮卡大人的失勢有關，有許多貴族都無法接納她。」

「當初多虧了羅潔梅茵大人對韋菲利特大人伸出援手，我也因此得救。否則照當時的情況，我們家本來也會受到牽連。我心裡十分感激羅潔梅茵大人。」

要是韋菲利特大人的近侍對羅潔梅茵大人懷有感謝之心，在工作上想必也能合作愉快吧。感覺自己的理想將能實現，我不禁非常開心。

「啊，對羅潔梅茵大人我當然心懷感激，但會決定應下這門婚事，其實是因為妳的風評很好。我告訴朋友要與妳見面以後，他們都很羨慕。」

妥斯登大人是上級貴族，我這樣的對象有哪裡值得他的朋友羨慕呢？明明之前還常常被拒絕說：「妳若願意嫁過來，我們當然歡迎，但要我入贅過去降成中級貴族的話……」所以聞言，我只感到困惑不解。

「我個人對這樁婚事並無異議。至於是否要就此訂下，全憑妥斯登大人決定。願結緣女神手中的絲線能夠交予星神。」

「我也希望結緣女神手中的絲線能夠交予星神。」

由於我們兩個當事人都有意結婚，雙方便開始討論婚事細節，敲定了在冬季尾聲舉行訂婚儀式。

「其實如果可以，我本想在初冬就舉行訂婚儀式、交換魔石，但是目前看來肯定來不及準備。能容我至少先把訂婚魔石交給妳嗎？」

「這還真是心急呢。有什麼理由嗎？」

「我想在畢業儀式當天擔任男伴之前，先把訂婚魔石送給妳……這個難道不能構成理由嗎？」

妥斯登大人帶著苦笑這麼回答後，我瞠大眼睛。

「看到有女性未佩戴訂婚魔石，他領的學生肯定會提出邀約吧？如今我已從貴族院畢業，自然會感到擔心，所以才想先把訂婚魔石交給妳……」

到了最高年級仍未佩戴訂婚魔石的人，等同在向眾人宣告自己還沒決定好護送對象。前來開口邀約的異性會變多吧。身為羅潔梅茵大人的侍從，我總以工作優先，他人的邀約基本上都會回絕；但有了訂婚魔石，從一開始就不會有人提出邀請。妥斯登大人的貼心讓我胸口湧起一陣暖意。

「父親大人，我可以先收下訂婚魔石嗎？」

為了在畢業儀式上護送我，當天妥斯登大人會前往貴族院，在宿舍裡遇到羅潔梅茵大人時也要打聲招呼。這種時候，旁人的眼光與介紹方式也會因應是否為正式的未婚夫而有不同。若有訂婚魔石，就能介紹自己是我的未婚夫。

「這由妳和妥斯登大人自己決定吧。我也覺得既然要在畢業儀式上護送妳，有訂婚魔石會比較恰當，但畢竟要準備魔石的是你們兩個人。」

後來，斐迪南大人倉卒前往了亞倫斯伯罕，肅清行動又因為馬提亞斯的告發而提早進行，舊薇羅妮卡派正式瓦解……這年的冬季尾聲與見面會時不同，領內的情勢一直在劇烈變化。就在這種情形下，我與妥斯登大人舉行了訂婚儀式。

和見面會時一樣，訂婚儀式也會進行魔力配色。在親族面前往魔導具注入兩人的魔力，父親大人再舉起魔導具，展示我們兩人的魔力並無問題。見證了這一點後，親族讓思達普發光，為我們獻上祝福。

最後，就是交換訂婚魔石。我送的魔石上刻著「一同輔佐下任領主夫婦吧」，妥斯登大人送的魔石上則刻著「獻給為我拂除黑暗的光之女神」。

……這樣一來我們就是正式的未婚夫妻了。

交換完魔石後，我們再一一走向彼此的親族問好。

「哎呀，莉瑟蕾塔大人，恭喜妳覓得良緣。居然能與上級貴族結親，身為親族的我真為妳感到高興。」

「在這種難與萊瑟岡古貴族結緣的情況下，能夠透過莉瑟蕾塔大人及安潔莉卡大人與領主一族建立交情……真教人不勝感激。」

「羅潔梅茵大人就連下級近侍也願意維護，那麼只要拜託將與她親人結緣的安潔莉卡大人，相信她也會盡力幫忙吧。我們一族往後便安穩順遂了。」

我的族人都很高興能與上級貴族締結姻親關係，妥斯登大人的族人則是不停地試探我們與羅潔梅茵大人以及波尼法狄斯大人等領主一族的關係有多深厚。儘管問好時我始終面帶笑容，但每一次與人交談，心情便往下沉重一分。

……畢竟婚姻就好比兩個家族締結契約，彼此當然都有自己的考量和盤算，可是……

明知這樁婚事會讓妥斯登大人的階級下降，他的親族卻仍然樂於接受，似乎是因為姊姊大人是波尼法狄斯大人的愛徒，也期望著能透過我們與波尼法狄斯大人以及羅潔梅茵大人攀上關係。比起訂了婚的我們這對未婚夫妻，以及身為家主的父親大人，有更多人都是先找姊姊大人打招呼。彷彿我和我們家一點價值也沒有，讓人感到灰心喪志。

……將來我們兩個人還得帶領兩邊的親族才行呢。

我輕吐口氣時，忽然發現姊姊大人在向我招手：「莉瑟蕾塔。」直到方才姊姊大人還被妥斯登大人的親族包圍，想要與她打好關係，看來這時已經脫困。

「妥斯登大人，不好意思。我與家姊說幾句話……」

「現在也差不多打完招呼了，妳們姊妹倆慢慢聊吧。」

我向爽快答應的妥斯登大人道謝後，走向姊姊大人。姊姊大人帶著我，往人少的地方移動。

「姊姊大人，您應該也累了吧？真是抱歉，我沒想到妥斯登大人的家人這麼想與波尼法狄斯大人的愛徒打好關係……」

「我沒事。因為我從一開始就沒打算聽人說話。」

姊姊大人斷然表示，她從頭到尾就只是面帶微笑而已，沒記住半個人的名字和長相。完全就是平常的她。我突然覺得只有自己在瞎忙一場，不由自主凝視姊姊大人，像在看著某種耀眼的事物。姊姊大人往我看來後，則是微微皺眉。

「莉瑟蕾塔，妳要是遇到了什麼危險，儘管告訴我吧。即便要殺人我也辦得到。」

「姊姊大人……您怎麼突然說這種話？」

在訂婚儀式這種值得慶賀的場合上，說這種話未免太嚇人了。見我雙眼圓睜，姊姊大人想了一會兒，像在思考該怎麼開口，然後說了：

「……都怪我沒用，莉瑟蕾塔才會成為繼承人吧？我知道這是很沉重的負擔。」

「姊姊大人怎麼可能沒用呢……」

姊姊大人確實沒有以繼承人的身分成為侍從，學科成績也不好。但是，她選擇了適合自己的騎士課程，後來還成為波尼法狄斯大人的愛徒，更全心全意侍奉著羅潔梅茵大人。

「今天出席訂婚儀式的賓客，甚至有大半都跑去與姊姊大人寒暄，由此可知您非常成功唷。我反而是因為姊姊大人的關係才找到結婚對象……」

「這些複雜的事情都不重要。可是，我看得出來現場的氣氛並不好。所以緊接在羅潔梅茵大人之後，莉瑟蕾塔是我第二個要保護的人。」

姊姊大人神色凜然，單手扠腰，另一隻手按在挺起的胸膛上。

「因為我是莉瑟蕾塔的姊姊啊。」

這個動作和口氣都讓人非常眼熟。

「姊姊大人……您是在模仿羅潔梅茵大人嗎？」

「因為羅潔梅茵大人說過，姊姊就該為妹妹竭盡所能。」

大概是主人想在夏綠蒂大人面前好好表現的模樣，也刺激到了姊姊大人吧。但是，竟然一開口就說「即便要殺人我也辦得到」，還是讓人大吃一驚。

……明明是想模仿羅潔梅茵大人，為何冒出來的想法會這般駭人呢？儘管如此，看著神情認真的姊姊大人，我也知道她這麼說是出於擔心。心頭的陰霾頓時一掃而空，我感到有些難為情。

「有身為護衛騎士的姊姊大人保護我，那我什麼都不需要害怕了呢。」

我忍不住笑了起來這麼表示後，姊姊大人也以開心的笑容回應我。

這年冬末，我與妥斯登大人就此訂下婚約。只是我們怎麼也沒想到，情勢到了春末又將產生變化。

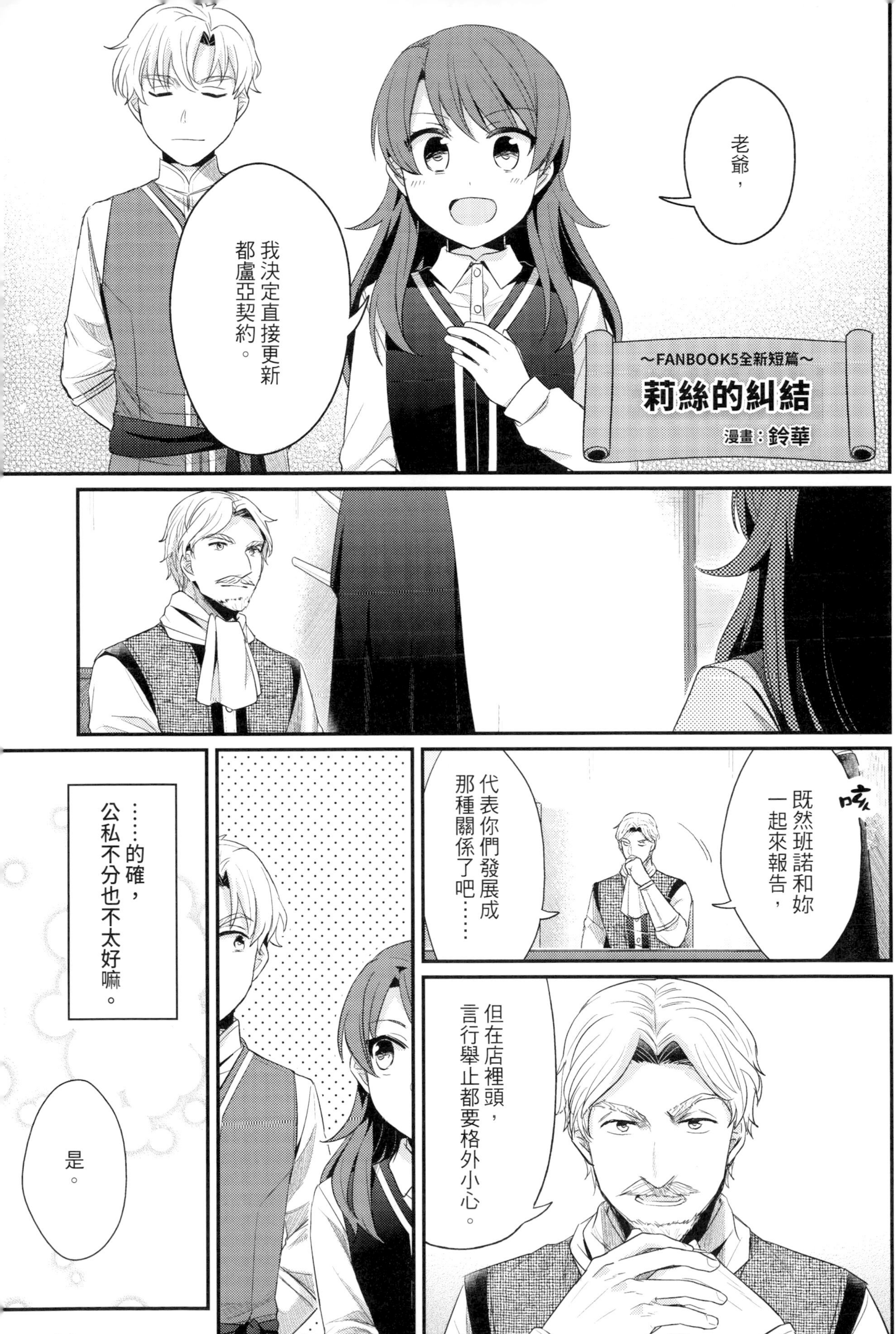
老爺，
我決定直接更新都盧亞契約。
～FANBOOK5全新短篇～
莉絲的糾結
漫畫：鈴華
咳
既然班諾和妳一起來報告，
代表你們發展成那種關係了吧……
……的確，公私不分也不太好嘛。
但在店裡頭，言行舉止都要格外小心。
是。

但是——
即將成年的班諾忙得連休假也沒有……
咦？
莉絲，妳和班諾哥哥開始交往了嗎？
但你們一點戀人的感覺也沒有，我完全沒發現呢。
ぐぬぬ
唔唔唔
因為老爺要我們別在店裡頭表現出來嘛！
啊~……
因為以前也有員工無法在工作期間把握好分寸，
要是店主的兒子也做出同樣的行為，父親會很傷腦筋吧。
咦咦~……
別露出這種表情。
戳
反過來說，別被大家發現不就好了嗎？
莉絲很擅長這種惡作劇吧？
米兒達……

就這麼辦！
嗯。
隔天
……找到了。
東張
西望
悄悄——
戳
!?
抓住
拉
咦？

米兒達告訴我了，
先被發現的人就輸了。
轉身
啪噹
バターン
嗚嗚～……
居然被搶先。
……我、
我才不會輸呢。

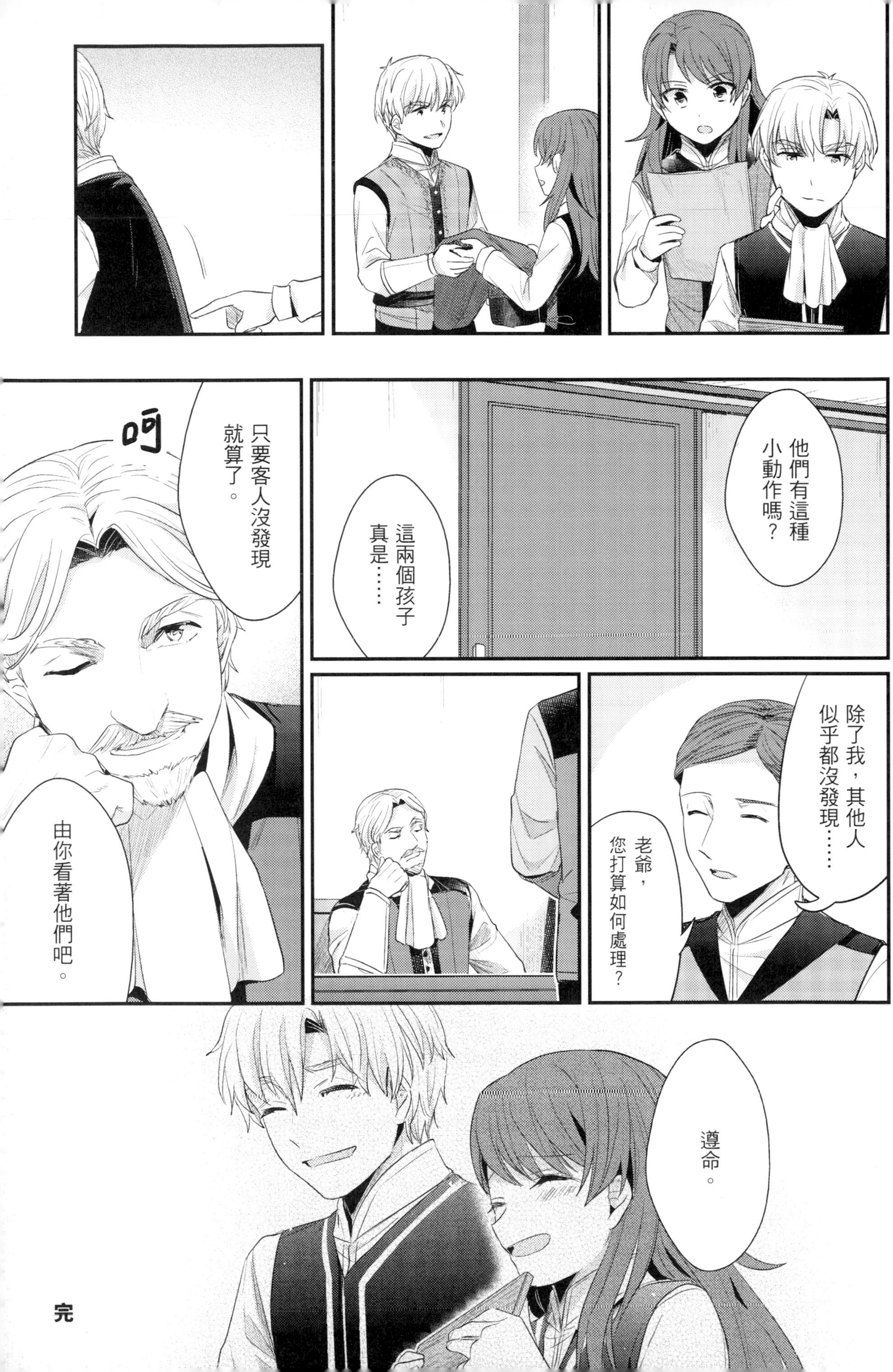
他們有這種小動作嗎？
這兩個孩子真是……
只要客人沒發現就算了。
呵
除了我，其他人似乎都沒發現……
老爺，您打算如何處理？
由你看著他們吧。
遵命。
完

角色設定資料集　椎名 優

第四部　貴族院的自稱圖書委員IX

萊蒂希雅

- 8歲（125cm左右）
- 亞倫斯伯罕的領主候補生
- 金髮
- 碧眼
- 春季出生
- 戒指 綠色

萊蒂希雅

為了突顯苦命氛圍，更改成鬱鬱寡歡的表情。反映出親生父母都在他領，本為養父母的祖父母又相繼離世的不幸遭遇。

第五部　女神的化身 I

歐丹希雅

- 42歲
- 貴族院的上級圖書館員
- 中央騎士團長
- 勞布隆托的妻子
- 170cm左右
- 淡水藍色頭髮
- 綠色眼瞳
- 春季出生
- 戒指 綠色

歐丹西雅

由於是貴族院的圖書館員，便更改成與索蘭芝類似的服裝（請參考FANBOOK3）。披風變成小披肩。

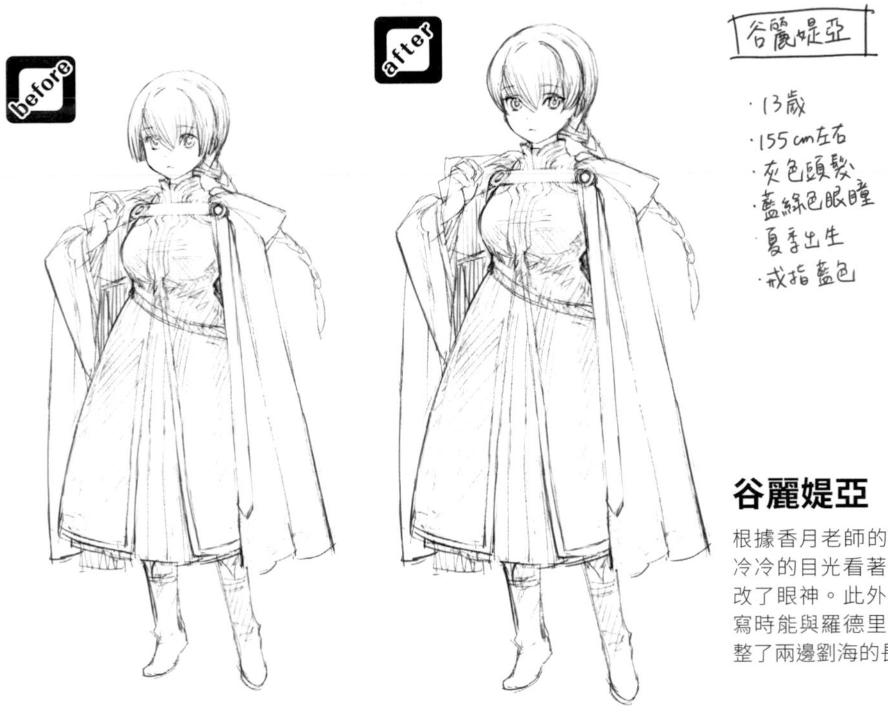

谷麗媞亞

根據香月老師的指正：「她都是用冷冷的目光看著這世界。」稍微修改了眼神。此外，為了在畫臉部特寫時能與羅德里希有所區分，也調整了兩邊劉海的長度。

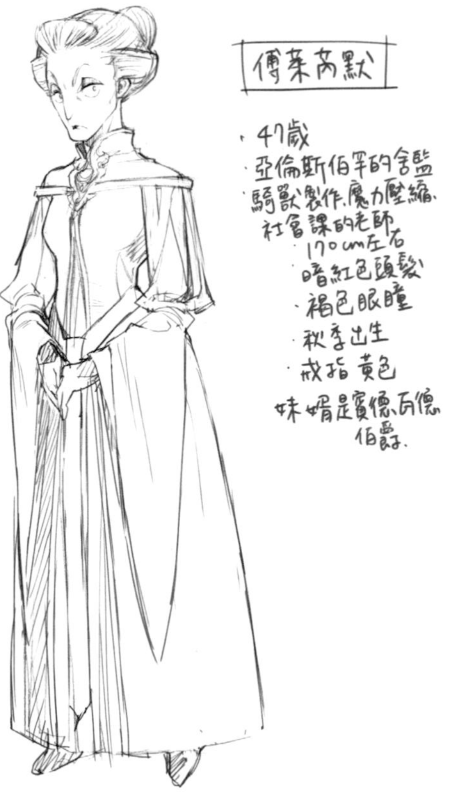

繆芮拉

「完全呈現出了她喜愛戀愛故事、充滿少女情懷的感覺。」可愛程度就連香月老師也深深著迷。是與蕊兒拉娣結為好友的文學少女。

傅萊芮默

香月老師讚不絕口：「一看就覺得她會用尖銳又高亢的嗓音大喊：『天呀！』」渾身散發著亞倫斯伯罕舍監的氣質，感覺就心高氣傲。

蕊兒拉娣

看起來就像會與繆芮拉熱烈地討論戀愛故事。「5-1」收錄的短篇〈現實與書裡的世界〉描寫了兩人相識的經過，千萬不容錯過！

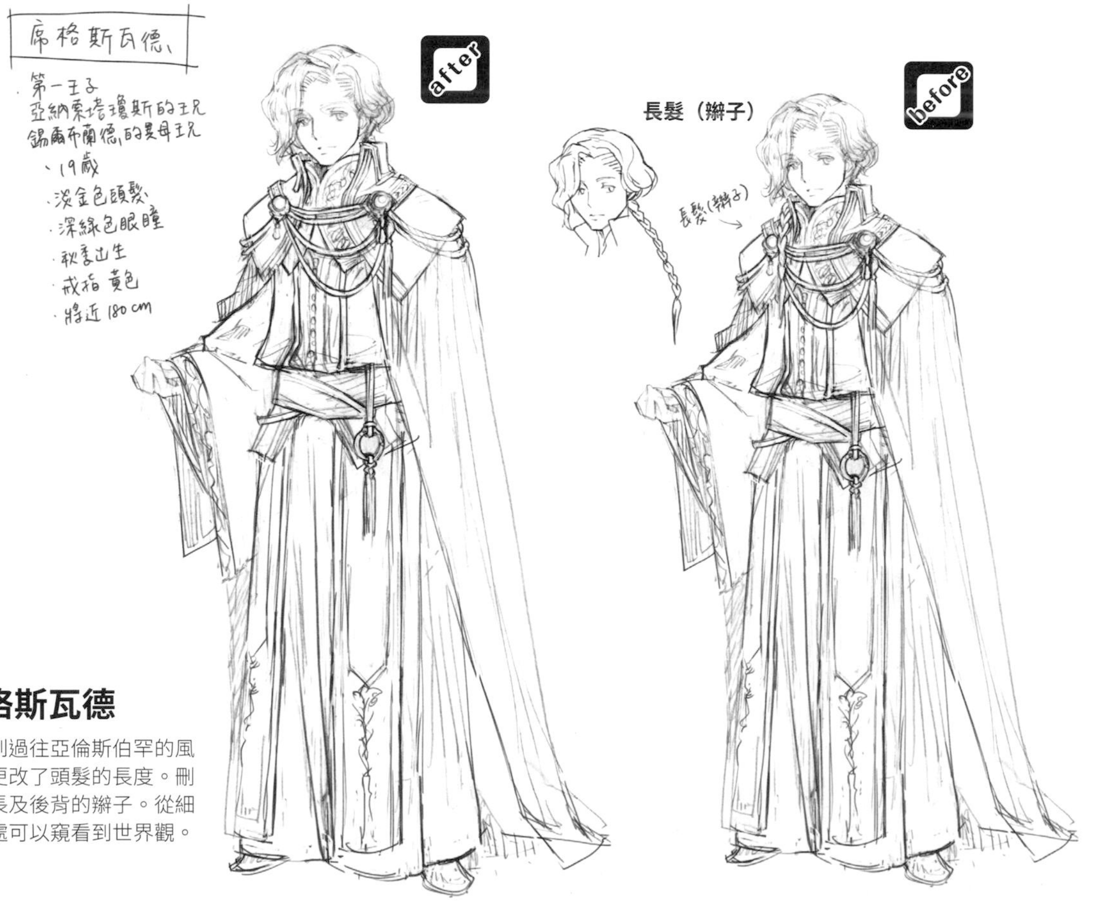

席格斯瓦德

考量到過往亞倫斯伯罕的風俗，更改了頭髮的長度。刪除了長及後背的辮子。從細節之處可以窺看到世界觀。

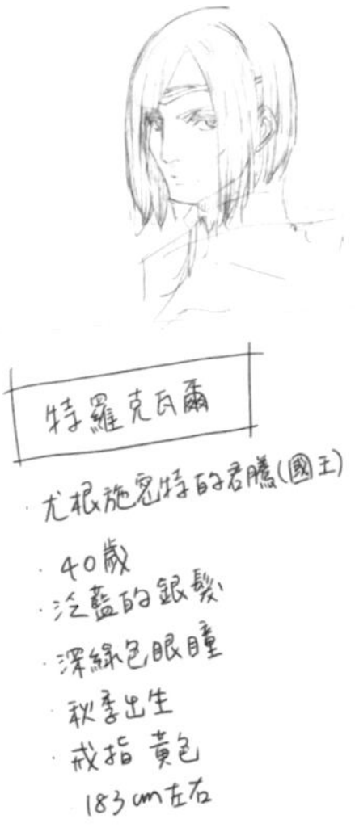

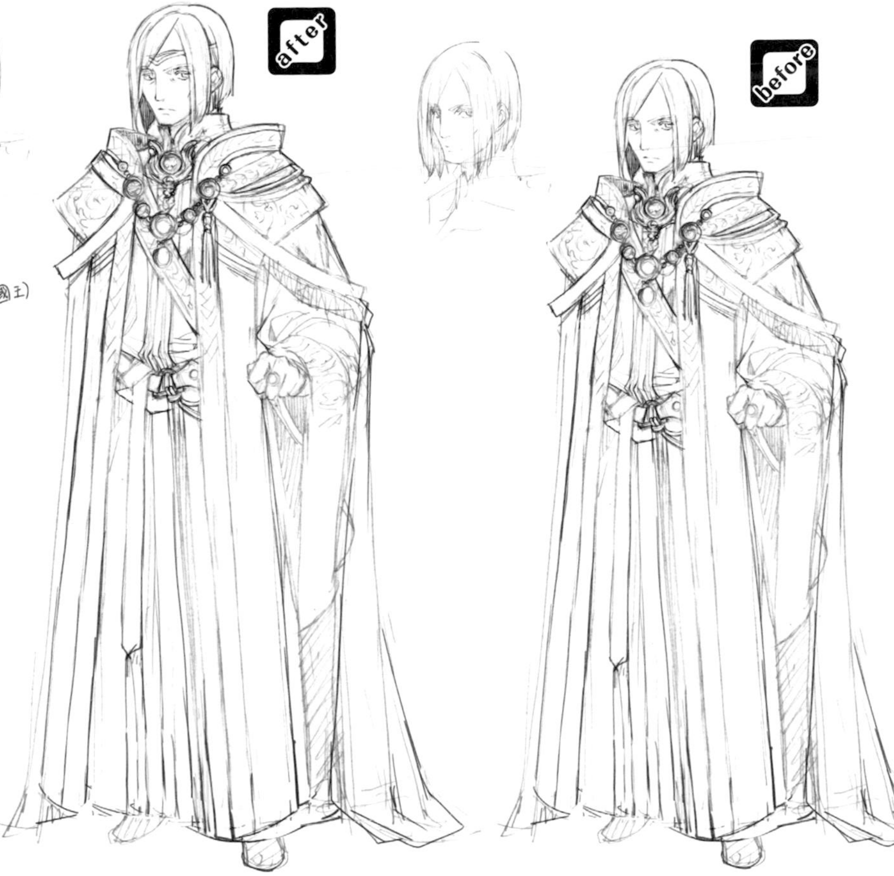

特羅克瓦爾

為了增添國王的氣勢，額頭追加了環狀頭飾，讓人一眼就能看出他是「國王」。精緻複雜的服裝也值得細看。

第五部　女神的化身III

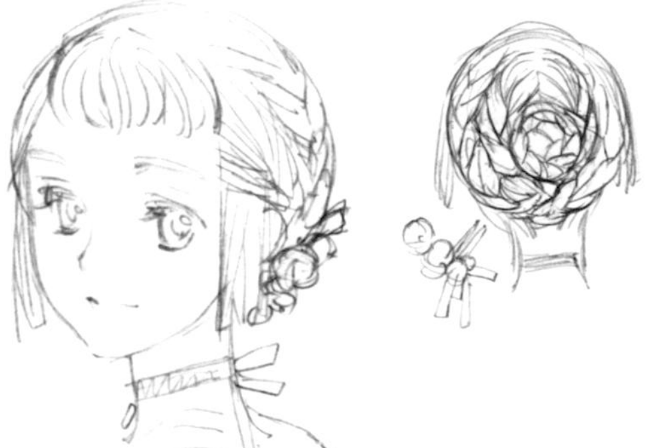

成年後的髮型（萊歐諾蕾）

與《FANBOOK 3》收錄的角色設定相比，新髮型華麗許多。插畫裡的劍舞服裝也優雅高尚。

成年後的髮型（莉瑟蕾塔）

出席成年禮時必須盤起頭髮，因此設計了新髮型。過往設定請參考《FANBOOK 2》。

成年後的髮型（蒂緹琳朵）

由於總不能一直頂著畢業儀式時的髮型，預先也設計了日常生活的髮型。過往設定請參考《FANBOOK2》。

齊格琳德

有能力管控戴肯弗爾格的男人們。擁有勻稱緊實的肌肉，外表看來是目光犀利的貴婦人。

蒂緹琳朵畢業儀式上的服裝／髮型

椎名老師：「看起來還真像是技職學校美髮班學生的畢業作品。」香月老師：「這就是跳起閃亮亮奉獻舞的獨角獸蒂緹琳朵。」

約翰，羅潔梅茵工坊有新的委託喔。
喀喳
新的……？
說明有點複雜，所以羅潔梅茵大人想當面跟你解釋……
バーン
磅——！
給我等一下！
我也要聽！
番外篇
～FANBOOK 5 全新短篇～
通往古騰堡的道路
～薩克的苦難～
漫畫：波野涼
誰？
哼
哼

這傢伙是薩克。
因為想要我的古騰堡稱號，想跟我的贊助者見一面，
最近一直纏著我……
只要看到我的本事，他的贊助者一定也會覺得我更適合成為古騰堡！
所以請讓我見一面吧！
拜託了！
……好吧。
我先回去問問老爺。
可以嗎？
嗯。
因為這種情況我也很清楚。
而且這種人要是不看著她，就會在你不知道的時候闖下大禍，害自己也被牽連……
為了書我要當巫女!!
我成為領主的養女了，
我要把做書發展成領地的事業!!
我的胃啊啊

那麼三天後
請畫好設計圖，
拿過來給我看。
幾天後
願意測試我的實力是很好啦，
但真沒想到你的贊助者居然是領主的養女……
我之前也不知道梅茵……大人就是羅潔梅茵大人。
你說你不知道，難道都不覺得有哪裡奇怪嗎？
這個要統一做
這樣的大小
滔滔不絕
從她工作起來的樣子和擁有的知識，確實很難想像才剛受洗完，
這點我是覺得很奇怪啦。
不過，羅潔梅茵大人的真實身分根本無所謂……
因為我終於可以做金屬活字以外的東西了！！！
每天每天每天每天……
密密麻麻……
對喔，你之前一直在做一樣的東西……

兩三天後
指定的設計圖完成!!
那麼下次請根據手上的設計圖，各自做好機器帶過來。
約翰那傢伙！
那明明是我的設計圖。
而且居然用那種態度對貴族大人，簡直不要命了。
我要做這個!!
好的，麻煩你了。
盯
……可是，羅潔梅茵大人完全不在意。
她就這麼信任他的本事嗎……
不，我可不會輸。還是打起精神……
我回來了。
關於這個地方，我想請你再說明一下。
你怎麼在這?!
喂，薩克！那傢伙又來了!!

《小書痴的下剋上》廣播劇4 配音觀摩報告

香月美夜

二〇一九年某日，廣播劇第四輯進行了錄製。

我與鈴華老師以及責任編輯在車站會合後，前往錄音室。

「呼，終於順利進展到錄製這一步了。」

之所以有這樣的感慨，是因為從一開始的企劃訂定到進行錄製，中間經過了很長的時間。其實，廣播劇第三輯與第四輯的企劃是同時開始的喔。廣播劇第二輯發行以後，過不久在與責任編輯討論的時候便提到了要再推出廣播劇，所以早從一年前開始就在籌備……

「我在考慮要在哪一集推出廣播劇，請問現在已經知道第四部總共會有幾集了嗎？」

「……大概到第九集吧？如果每一集都塞到極限、內容也盡量刪減的話，或許可以減少到八集……」

我打開網頁上的連載版本，數著第四部每一話的標題開始思考。可是故事進到第四部尾聲以後，如果把角色間的輕鬆對話都刪除，整體氣氛就會變得非常沉重，我實在不想這麼做。嗯～……

「擬定長期計畫的時候，最怕各種不確定的風險，所以還是腳踏實地慢慢來吧。如果第九集是最後一集，感覺中間還有一集能出廣播劇。」

「若從現在開始籌備，應該是有辦法推出廣播劇，但國澤老師沒問題嗎？她還要寫劇本，時間要是重疊了會很辛苦。」

不只是廣播劇，國澤老師也負責編寫動畫腳本。這時期改編動畫的工作早已悄悄展開，國澤老師應該忙得要命。雖然記憶已經模糊不清了，但我記得自己也忙得焦頭爛額……

就這樣，我們率先敲定了第四部IX要同時推出廣播劇第四輯，再反推回去決定了要推出廣播劇第三輯的集數。至於廣播劇的內容，第四輯也是從一開始就說好了要收錄第四部的結尾，但第三輯要以哪段劇情為主，印象中花了點時間才敲定。

好了，這些幕後故事暫且不提。到達錄音室以後，我們首先察看香盤表。所謂香盤表，是指寫有聲優行程以及分飾哪些角色的各種資訊一覽表，比如誰要扮演路人貴族和文官、誰會分開錄製，全都一目了然。

這天飾演夏綠蒂的本渡楓小姐、飾演哈特姆特的內田雄馬先生，還有飾演卡斯泰德的森川智之先生下午才會出現；飾演齊爾維斯特的井上和彥先生則是其他日子才會來錄製。如同上次所說，三名監護人要同時到齊果然不容易。太可惜了。

「今天要麻煩兩位簽名。」

之後動畫播出的時候會送出紀念禮物，所以想請我們在禮物上簽名，我與鈴華老師便趁著空檔在書上以及在簽名板上簽名。製作廣播劇的時候，總會準備簽名板要送給讀者當禮物，但這次除了簽名板還有書，所以數量多了一點。但雖說多了一點，跟簽名版新書的數量比起來簡直小巫見大巫（笑）。

討論完有關今天的流程以後，鈴華老師很快在簽名板上畫圖。我則在旁邊欣賞著可愛的梅茵從她筆下誕生。居然可以在現場觀看鈴華老師畫圖，很奢侈的待遇吧？

不過，總不能一直湊在旁邊欣賞，所以我也用現場備好的筆開始簽名。然而筆是方頭的，我無法像往常那樣畫線。這裡不是自己家，錄音室裡不管是簽名板還是小說都沒有備份，要是好幾個簽名都簽失敗……光想像我就頭皮發麻。

「責任編輯，我想用平常出版社送來的那種筆。」

「知道了，我叫人準備。」

「啊！我有帶喔。出版社的筆是指這個吧？」

「真不愧是鈴華老師！萬能女強人！」

看來外出工作的時候，最好不只名片，也要隨身攜帶簽名用的筆。我又上了一課。

大家到齊以後，老樣子先是互道寒暄。這次幾乎所有聲優都參加過廣播劇第三輯的錄製，所以寒暄簡單說幾句就結束了，馬上進入提問時間。不過，已經是第二次參與錄製的聲優們很少發問，倒是新加入的聲優問了不少問題。比如飾演尤修塔斯的關俊彥先生和飾演艾克哈特的小林裕介先生。

同時也飾演勞布隆托的關先生詢問了勞布隆托的立場，或者該說是他與伊馬內利的關係。

「勞布隆托是騎士團長，擔任國王的護衛騎士；伊馬內利則是中央神殿的神官長，並不承認未持有古得里斯海得的國王，所以兩人基本上可以說是水火不容。這邊的臺詞是在瞧不起中央神殿，甚至也可以說是鄙視。整句話要給人一種『虧你們平常講話還那麼狂妄』的感覺。」

小林先生則問起了艾克哈特的角色設定。好像是因為他與柯尼留斯不同，看不太出來與羅潔梅茵有什麼兄妹之情。

「他們兄妹倆的感情不錯喔。只不過他們跟一般的兄妹不同，兄妹之情是因為有斐迪南在才成立。艾克哈特這個護衛騎士是斐迪南至上主義者。由於斐迪南對他說過：『以後她就是你的妹妹，要好好照顧她。』他才把羅潔梅茵當成妹妹用心照顧。羅潔梅茵要是幫上了斐迪南的忙，還會稱讚她是優秀的妹妹……」

聽完兄妹倆有些特殊的關係以後，小林先生臉色一僵，回答「這樣啊」。嗯，因為兩人的關係用兄妹來稱呼確實有點奇妙呢（笑）。

另外飾演羅潔梅茵的井口裕香小姐也向我提出了問題：「到了秘密房間裡面，第一人稱就變得不一樣……」

「羅潔梅茵並不是因為進入秘密房間就會改口自稱『我（わたし／Watashi）』，而是情緒激動起來後從這裡到這裡都變成了『我（わたし／Watashi）』。這裡還是『我（わたくし／Watakushi，更有禮貌的自稱）』喔。」

到底是誰？寫個小說居然搞得這麼麻煩，第一人稱變來變去……我三不五時也很想這樣罵自己。尤其在跨界合作要把作品託付給他人的時候，這種想法格外強烈。我領悟到了有時候別在奇怪的地方上太過講究，編個便於與人分享的設定也很重要。今後若有人要書寫會進行改編的作品時，請千萬記得這一點。

發問時間結束後，接著開始測試。這次的劇情因為著重在第四部結尾，整個劇本都是以斐迪南為中心。必然地，幾乎都是斐迪南與羅潔梅茵的臺詞。

話雖如此，飾演羅潔梅茵的井口裕香小姐與飾演斐迪南的速水獎先生，皆已透過動畫的配音徹底掌握了角色，所以錄製非常順利。簡直順利到了根本沒有材料能寫觀摩報告的地步。太厲害了。

試錄了一遍以後，進入工作人員的討論時間。需要設定聲線的新角色是勞布隆托。

我：「勞布隆托配得太棒了，好強喔！完全沒問題。」

鈴華老師：「真的配得很好呢。」

勞布隆托由關俊彥先生負責扮演，真不愧是資深聲優。聽起來和想像的一模一樣，無可挑剔。

我：「洛飛太清爽了。聲音裡的肌肉感不夠。」

鈴華老師：「聲音裡的肌肉感……（笑）」

我：「意思是要再熱血一點。」

鈴華老師：「確實應該再多點氣勢。」

不知道音響監督是如何向飾演洛飛的山下誠一郎先生轉達，但下一次測試時，他的聲音已經多了肌肉感。

國澤老師：「這邊一整串都是名字，聽來有些刺耳，可能修改一下比較好。」

我：「那就改成勞布隆托騎士團長、雷利吉歐神殿長、伊馬內利神官長，加上職位或者說是身分怎麼樣？」

閱讀紙本劇本與實際用耳朵聽的時候感覺會不一樣。國澤老師就是能注意到這些細節。我聽覺的靈敏度好像不算好。

音響監督：「老師，這個陶納頓有多大？」

我：「大概這樣，跟足球差不多大吧？」

音響監督：「比我預期的還大嘛。」

我：「更重要的是，陶納頓並不是放在桌上，而是要放在地板上。請像這樣『啪』地放下來。」

除了要向聲優們下達指示，添加音效時也需要問些問題。其他則大多是關於細節的修改。

「第〇頁的『我以為我說了……』是不是唸成『偶以為我說了』？」

「第×頁的『何止是好吃……我』這一句，中間請頓一下，然後加入感覺非常陶醉的嘆息。」

第二次測試因為都沒什麼問題，便正式開始錄製。

飾演韋菲利特的寺崎裕香小姐和上次一樣，再度演繹了可愛的韋菲利特。聽到召見時焦慮的感覺表現得很好。

錄到雜音等等的地方重新錄製以後，接著繼續進行。這時要重新設定聲線的角色是喬琪娜。

這次飾演喬琪娜的是三瓶由布子小姐。儘管她設定的聲音很有貴婦人的感覺，也符合大領地第一夫人這個身分，只可惜太輕柔甜美，並不是喬琪娜。

鈴華老師：「喬琪娜的聲音是不是該再年長一點？」

國澤老師：「是啊。請她再年長五歲左右吧。另外，最好能有點拐彎抹角的討人厭感覺。」

我：「喬琪娜就是要表面上說得很親切，但隱隱有種討人厭的感覺，讓人覺得她根本另有目的嘛。」

不過，下達指示以後，三瓶小姐馬上更改了聲線。真的神乎其技。聲優的高超本領每回都讓我大開眼界。

新角色設定好了聲線後，大家接著針對細節提出指正。

「柯尼留斯的叱喝聲請再年輕一點。太有魄力到變成洛飛了。」

「第〇頁的『消失了』這幾句希望能再沉重一點。」

「第×頁的『阿姐……什麼實的』這一句中間不需要停頓。因為角色並不是忘了，而是要有那種刻意隱瞞、不讓旁人聽見的感覺。」

這些指正只提醒了一次便都大致改正過來，所以正式錄製時進行得很順利。

宮澤清子女士和上次一樣，扮演性情和藹又溫文的索蘭芝老師。這次她一直唸錯「請稍候」與「請稍待」，為此感到難為情的模樣非常可愛。確實很容易唸錯。

石見舞菜香小姐和上次不同，這次沒有菲里妮的臺詞，所以是負責飾演布倫希爾德與懷斯。由於兩個角色上次就扮演過了，錄製過程完全沒有問題。必須為她可愛的嗓音獻上掌聲。

錄到這裡，暫且休息片刻。聲優們或吃午餐或在簽名板上簽名。雖然房間不一樣，但我們做的事情也一樣。

「香月老師、鈴華老師，兩位想吃什麼呢？」

「啊，我想吃三明治。」

聽到鈴華老師選了三明治，我則因為早餐已經吃了三明治，便從好幾種飯糰當中挑選自己喜歡的口味。

「請給我鹽味飯糰。」

「……好老派喔。」

明明鹽的鹹淡恰到好處，非常好吃，被人這麼說真是讓我不解。

由於鹽味飯糰裡沒有任何配料，為此感到擔心的工作人員還給了我烤鮭魚片。於是我一邊咬著飯糰，一邊簽名。

中午的休息時間結束以後，再次開始錄製。接下來需要重新設定聲線的角色有尤修塔斯、法藍與薩姆共三人。

雖然關俊彥先生在飾演勞布隆托時一次就過關，但扮演起尤修塔斯卻遇到了不少困難。起先的聲音太像一般的文官，讓人覺得「不對！尤修塔斯不是這樣」，但很像尤修塔斯的聲音又是什麼樣子呢……要說明真的很有難度。

鈴華老師：「感覺輕浮感不夠呢。」

我：「好像要這樣、再更有種難以捉摸的感覺……對吧？」

國澤老師：「聽起來一點也不像怪人呢。」

傳達了這些指示以後，再次進行測試。

鈴華老師：「這次又太輕浮了。」

我：「是啊。感覺尤修塔斯變笨了。」

國澤老師：「尤修塔斯雖然輕浮，但還是要有貴族的氣勢才行。」

尤修塔斯這個角色真是太難了。我們也絞盡腦汁，思考該怎麼說明才能表達他的特質。

國澤老師：「記得上次為了說明也花了不少時間吧。那時候我們是怎麼說的？」

我：「呃──配音觀摩報告裡面……」

鈴華老師：「看來需要有本指導手冊，用來說明尤修塔斯的個性與氣質呢。」

經過多次挑戰，尤修塔斯總算完成了。一旦掌握到了角色，關先生便能完美地持續扮演，但在抓到感覺之前真是不容易呢。

根據去錄音間傳達指示的音響監督所說，原來關先生因為勞布隆托的臺詞比較多，誤以為這個才是他的主要角色。原來如此，藉由這樣的區分，投注的心力也會有所不同啊。真是新發現。

飾演法藍的是狩野翔先生。他所演繹的法藍偶爾會有太大的情緒起伏，這點讓我有些在意，但說明以後便改正了，所以沒什麼問題。

鈴華老師：「還可以啊，我個人不覺得有問題。」

我：「有表現出認真且一板一眼的感覺，所以ＯＫ。」

飾演薩姆的是岡井克升先生。演繹時配合了語氣要比法藍柔和一點的要求。

我：「ＯＫ。年紀上也沒什麼問題。」

鈴華老師：「我也ＯＫ。」

新角色設定好了聲線後，接著邊重看劇本邊討論。
「第△頁的對話整體請再快一點，或者說節奏請再緊湊一些。」
「第×頁是不是用羅潔梅茵的哭聲開場比較好？」
「第○頁不幸的重音錯了吧？」
「第×頁羅潔梅茵的臺詞，希望能再多點埋怨的感覺。」
「這邊的黎希達請再表現得落寞一些。」
「法藍，這邊的情緒請再收一點。」
前幾次錄製時，主要都是在向聲優提出指正與要求，但今天感覺多是在對劇本進行細微的修改。原因便是我確認得不夠仔細。可能因為檢查劇本的那時候正好是最忙的時期，所以很多細節都疏忽了，到處可見用詞有誤，讓我深深反省檢查時應該細心一點才對。我一邊與國澤老師討論，一邊細微地修改臺詞。
「第×頁不是幾年，是幾任吧。」
「這裡的王子應該改成男孩比較好。因為還沒舉行洗禮儀式，尚未得到認可。」
「這邊因為一直在喊斐迪南，這裡就省略吧。」
「這邊也是奧伯．亞倫斯伯罕與亞倫斯伯罕同時出現，聽的時候不是很暢快。要不要改成奧伯就好了？」
「啊啊！第○頁寫成奇爾博塔商會了，應該是普朗坦商會才對！」
「啊，音響監督。有個與演技無關的問題，這裡護身符發動的聲音不是『噹啷』喔，因為只有一個。」
說到這裡，音響監督還曾提出一個有趣的問題。
「老師，這裡是寫錯嗎？法式清湯很美麗？不是很好喝嗎？」
「這不是寫錯喔。因為斐迪南在第三部第一次喝到法式清湯的時候，是用『美麗』來形容，所以自那之後，小書痴裡的法式清湯都固定用美麗來形容。」
「固定啊……」
是喔。原來「法式清湯很美麗」會讓人以為是寫錯……有種新發現的感覺。
接著到了劇本的尾聲，首先開始測試。
「我終於有『喝！』以外的正常臺詞了！」
飾演艾克哈特的小林裕介先生忍不住發出歡呼，錄音間裡的眾人都露出苦笑。由於為免超過時長，艾克哈特的臺詞被刪掉不少，在斐迪南面前又是這樣的角色，所以這也是無可奈何。不過，確實艾克哈特與柯尼留斯的臺詞都是戰鬥時的吶喊呢（笑）。
就這樣，明明之前也會發出聲音，卻因為從來沒有重要臺詞，直到這時才開始設定艾克哈特的聲線。
鈴華老師：「嗯……是不是太年輕了？」
我：「畢竟是斐迪南的護衛騎士，好像該再有點威嚴。」
國澤老師：「艾克哈特的聲音最好再老成一點呢。尤其他身邊的人是速水先生飾演的斐迪南和關先生飾演的尤修塔斯，最好一起出現時可以很和諧……」
要配合速水先生與關先生感覺並不容易，但光聽這樣的說明，小林先生便定好了艾克哈特的聲音。聽起來非常帥氣，也很符合角色。
聲線確認完畢後，接著開始討論。
「咦？不知為何這裡出現了法藍的臺詞，但法藍不在這個場景裡喔。」
「那由艾克哈特來說這句臺詞吧。」
「香月老師，這裡的斐迪南是不是情緒再外放一點比較好……？」
「是啊，情緒的起伏最好再明顯一點。因為是他難得流露出情感的場景。」
「這邊的『非常好』沒問題嗎？」
「最好再溫柔一點。」
提出要求以後，聲優們馬上就能達成，真是太厲害了。
這次廣播劇的內容是第四部的結尾，非常感人喔。斐迪南的聲音與羅潔梅茵的祝福，真的會讓人心頭一緊。拜託，請一定要聽。足以讓人喪失語言能力。
等到最後的部分也錄完，便趁著人多的時候錄製背景人聲。比如近侍們齊聲回應的場景，還有遇襲現場的嘈雜人聲等。
這次錄製背景人聲時，最讓我印象深刻的，是神官長室的侍從們送給斐迪南的祝福。
「老師，神官長室的侍從共有幾人？男女比例是？」
「總共五人，全是男性。」
「嗯，那就麻煩五名男性幫忙。」
音響監督下達指示後，一群人互相對看，緊接著五位男性上前。兩個人要在聲音與時間上互相配合就很難了，五個人有辦法整齊劃一、同時說完有一長串難唸神名的問候語嗎……

男性們湊在一起討論神名的唸法與重音。井口小姐與速水先生因為之前為廣播劇和動畫配音時就唸過神名，便在一旁指導。測試時，也協調過了五人該如何同時開口以及臺詞速度，接著正式開始錄製。

現場氣氛無比緊張，大家都注視著聲優們所在的錄音間。然後，開始。

居然一次就過關！太了不起了！

工作人員不由得拍手鼓掌，但下一秒馬上有人喊說：「對不起，我有個地方稍微唸錯了！我把埃維里貝唸成了埃貝里貝……」

「你不說根本沒人知道……嗯，那就再來一次。」

音響監督苦笑說完，再重新錄了一次。聲優們對自己的失誤非常嚴格。

另外還錄了對全屬性祝福感到驚訝的嘈雜聲。「全屬性嗎？」「我第一次看到。」聽著吵鬧人聲時，我忽然發現劇本裡少了個應該存在的人。

「我想在背景人聲當中加入哈特姆特陶醉的聲音。」

「……那之後再由哈特姆特自己錄製吧。」

飾演哈特姆特的內田雄馬先生因為晚點才會到，這時並不在場。決定好之後再加入哈特姆特的聲音以後，錄製便結束了。

「大家辛苦了。」

從上午開始配音到現在的聲優們就此解散。

我向一一離開的聲優們道別，也向從這次開始加入的，飾演尤修塔斯的關俊彥先生以及飾演艾克哈特的小林裕介先生打聲招呼。為了往後也請他們多多指教。

當中最讓我印象深刻的，是飾演柯尼留斯的山下誠一郎先生。

「老師，我是柯尼留斯、柯尼留斯，動畫的時候也請呼喚我吧。」

他揮手強調的模樣非常可愛。但是很遺憾，柯尼留斯還要很久以後才會出場。如果是希望他能在小說裡多出場的話那還好說，只可惜動畫方面，這不是我一個人可以決定的事情。

「請祈禱動畫可以一直做下去吧，等他出場的時候會邀請您（笑）。」

希望在柯尼留斯出場之前，動畫可以一直做下去。

錄音室變得空蕩蕩以後，過不久接著進來的是下午開始配音的三人。

分別是飾演卡斯泰德＆伊馬內利＆尤根施密特國王（以下稱君騰）的森川智之先生、飾演哈特姆特的內田雄馬先生，以及飾演夏綠蒂＆休華茲＆錫爾布蘭德的本渡楓小姐。

很快測試過後，森川先生便為伊馬內利與君騰，本渡小姐則為錫爾布蘭德設定聲線。

我：「伊馬內利請再多點糾纏不休的感覺。」

鈴華老師：「啊，得給人不舒服的感覺才行呢。」

國澤老師：「像哈特姆特那樣嗎？」

鈴華老師：「不，哈特姆特跟伊馬內利不一樣。該說是沉迷的方向不一樣，還是崇拜的對象不一樣呢……」

我：「啊~兩個人確實不太一樣。哈特姆特是羅潔梅茵至上主義者，伊馬內利則是只要為了中央神殿，不惜把羅潔梅茵當成一種工具。」

哈特姆特與伊馬內利有何不同的討論先撇開不說，總之感覺有些糾纏不休的伊馬內利完成了。

鈴華老師：「君騰會不會太老了？」

我：「畢竟年紀其實和卡斯泰德差不多嘛。」

國澤老師：「但兩個角色的年紀都差不多，要讓聲音有所變化應該不容易。怎麼辦呢？」

結果我們白擔心了，因為聲優完美做出了區分。森川先生太厲害了！呈現出了非常有威嚴的君騰。

我：「錫爾布蘭德沒問題。」

鈴華老師：「少年般的聲音也很可愛呢。」

本渡小姐扮演的錫爾布蘭德在測試階段就過關了，真是優秀。

聲線設定好後便開始測試。音響監督下指示道：「那從第〇頁開始到第×頁為止都不要停。」三位聲優很快地翻看劇本，確認範圍。確認完的內田先生輕笑起來。

「全都是森川先生嘛。」

「咦？全是我嗎？」

由於其他角色都離開了，那段範圍全是森川先生的臺詞（笑）。

接下來的配音簡直教人嘆為觀止。因為森川先生剛扮演完語帶不甘的伊馬內利，接著便飾演卡斯泰德，很有騎士團長威嚴地表揚學生，最後再扮演君騰發表致詞。好厲害，居然不會搞混。

「接下來從第×頁到第△頁。」

由於進行錄製的聲優不多，配音時錄完有自己臺詞的場景就會跳到下個場景。森川先生不斷根據角色而改變聲線時，扮演夏綠蒂的本渡小姐「啊……」地喊道，聲音與他重疊在了一起。

「森川先生，停。這邊夏綠蒂要先唸。」

「抱歉，我忘記夏綠蒂的存在了。」

嗯，這也是沒辦法的事情嘛。因為臺詞跳到下個場景的速度，真的快到會忽略其他人的存在。

「本渡小姐與森川先生的出場就到這裡為止吧。辛苦兩位了。」

音響監督說完，兩人回道：「您辛苦了。」便開始準備離開。但這時候，音響監督叫住了森川先生：「啊，森川先生請等一下。」

「可能要請你錄背景人聲。」

本渡小姐離開後，比較晚出場、剛才都在旁邊待命的內田雄馬先生便站到麥克風前面，準備飾演哈特姆特。測試開始。

鈴華老師：「感覺不夠哈特姆特吧？」

我：「讓人發毛的感覺還不夠呢。」

音響監督轉達了我們的意見後，內田先生顯得相當為難。

「呃，可是，哈特姆特只有在羅潔梅茵大人面前才會表現得讓人發毛吧？面對神官長應該會嚴肅一點，或者說不那麼讓人毛骨悚然吧？」

內田先生說得沒錯。真是了解哈特姆特。而且還很自然地加上「大人」稱呼羅潔梅茵，這點也非常加分。完美融入了角色呢。

國澤老師：「可是，如果不能一聽就知道是哈特姆特……」

鈴華老師：「最好還是要有一聽就知道是哈特姆特的毛骨悚然感呢。」

我：「一點點就好了，請多加點哈特姆特的感覺。」

最終內田先生配合了我們如此難搞的要求。

鈴華老師：「哈特姆特出現了！」

我：「完美！」

後來也請內田先生保持這樣的感覺，演繹了盛讚羅潔梅茵全屬性祝福的哈特姆特。哈特姆特獨有的毛骨悚然感簡直發揮到了極致。他充滿陶醉的話聲就算混在背景人聲裡頭，肯定也能被認出來。根本就是哈特姆特本人。

「好，辛苦了。今天的錄製結束了。」

這次的廣播劇也被哈特姆特搶走了最後的亮點呢……我正這麼心想時，忽然聽見森川先生的咕噥。

「那個，我留下來的意義是？」

結果最終檢查過劇本後，發現沒有必要再錄背景人聲，森川先生等於就只是留下來聽哈特姆特講那些陶醉不已的臺詞……（笑）。

實在是辛苦了。

就這樣，這次的廣播劇也順利完成錄製。

非常感謝每一位工作人員。

※此篇配音觀摩報告刊登於二〇一九年十二月十日發行的「廣播劇4」之官網，收錄時予以增刪修改。文中內容與日期皆以當時為主。

※譯註：中央神殿的神官長原寫做「以馬內利」，為避免與宗教名詞混淆，故稍作改名為「伊馬內利」。

《小書痴的下剋上》廣播劇第四輯開始販售了！
小書痴的下剋上
廣播劇第四輯
配音觀摩報告漫畫
鈴華
主要劇情是精采萬分的第四部結尾！
令人屏息的場景接連不斷。
而這些重要的場景，將由以下的聲優陣容進行演繹。
羅潔梅茵：井口裕香
斐迪南：速水奨
齊爾維斯特／
雷利吉歐：井上和彥
卡斯泰德／伊馬內利／
尤根施密特國王：森川智之
韋菲利特：寺崎裕香
夏綠蒂／休華茲／
錫爾布蘭德：本渡楓
柯尼留斯／洛飛：山下誠一郎
哈特姆特：內田雄馬
尤修塔斯／勞布隆托：關俊彥
艾克哈特：小林裕介
法藍：狩野翔
黎希達／索蘭芝：宮澤清子
布倫希爾德／懷斯：石見舞菜香
吉魯／喬琪娜：三瓶由布子
薩姆：岡井克升
新加入的成員也全是實力派聲優！
※名單省略敬稱
想當初我一邊畫第一部的漫畫，
斐、斐迪南大人……!!?
直流
一邊在網路上追第四部的小說連載，
每天都是邊工作邊對劇情發展提心吊膽。
冷汗
對我來說，第四部結尾在各方面都具有特殊的意義，
ビューーン
咻
因此我抱著緊張的心情前往了配音現場。

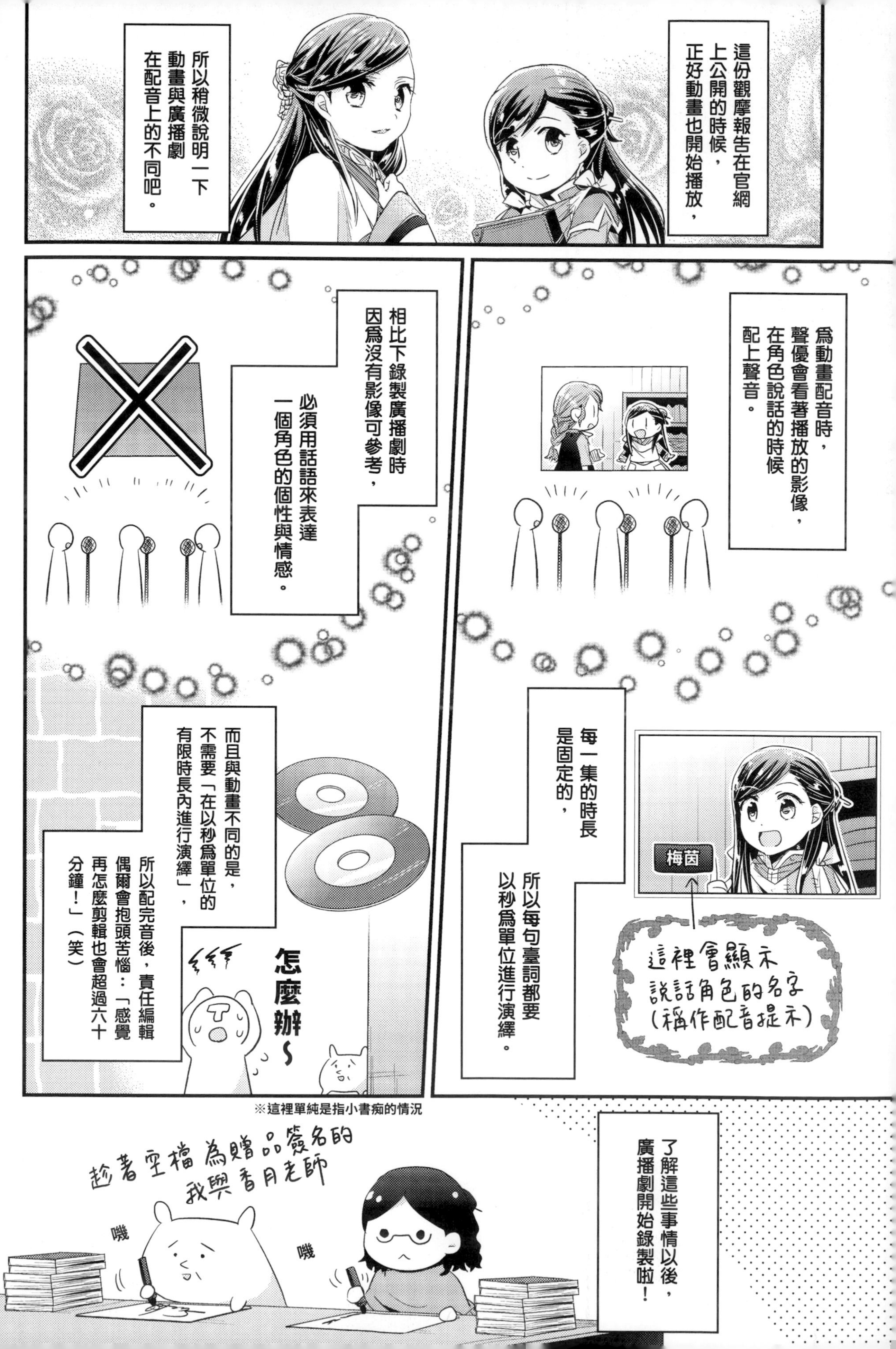

這份觀摩報告在官網上公開的時候，正好動畫也開始播放，
所以稍微說明一下動畫與廣播劇在配音上的不同吧。
爲動畫配音時，聲優會看著播放的影像，在角色說話的時候配上聲音。
每一集的時長是固定的，
所以每句臺詞都要以秒爲單位進行演繹。
梅茵
這裡會顯示說話角色的名字（稱作配音提示）
相比下錄製廣播劇時因爲沒有影像可參考，
必須用話語來表達一個角色的個性與情感。
而且與動畫不同的是，不需要「在以秒爲單位的有限時長內進行演繹」，
所以配完音後，責任編輯偶爾會抱頭苦惱：「感覺再怎麼剪輯也會超過六十分鐘！」（笑）
怎麼辦～
※這裡單純是指小書痴的情況
了解這些事情以後，廣播劇開始錄製啦！
趁著空檔為贈品簽名的我與香月老師
嘰
嘰

這次的劇本有很多羅潔梅茵與斐迪南的對話，
所以印象中井口小姐與速水先生經常都是站在麥克風前面。
其他角色則是有臺詞時就使用空著的麥克風。
說起臺詞的數量，速水先生有一百八十句以上，井口小姐也有兩百句以上！
在故事上，感覺得出兩位非常細膩地演繹重要場面；
為動畫配音的時候也都負責帶動現場氣氛。
兩人的背影實在太可靠了。
トゥンク…
撲通……
哄然
這次首次登場的，還有斐迪南的近侍與神殿的侍從！
這次也遇到了「如何說明尤修塔斯角色特色的難題」。
月刊 尤修塔斯
特輯
女裝初級教學
尤修塔斯全面剖析！
好需要一本尤修塔斯指導手冊

關先生還負責飾演冷靜沉著、氣勢驚人的勞布隆托，
雖然試著演繹了對比下活潑輕浮的尤修塔斯……
聽起來太有活力，不像尤修塔斯呢。
感覺要再穩重一點？
可是，好像也要有點難以捉摸的感覺。
在這個場景太過輕浮好像也不好……
要用言語來形容尤修塔斯太困難了……!!
國澤老師
唔唔唔……
廣播劇因為只有「聲音」這項資訊，
為了讓人一聽便覺得：「他就是這個角色！」
每次在場所有人都會一起思考，提出意見。
熱烈
討論
音響監督
音
最終請音響監督傳達了我們的建議以後，尤修塔斯完成了。
完美變身成了尤修塔斯喔。
敬請期待!!
不少聲優在廣播劇第三輯便參與過錄製，所以配音進行得十分順利。
飾演柯尼留斯的山下先生
是!!
這麼回應的時候還會擺出騎士姿勢……
為了讓舌頭能靈活運作(?)休息期間會發出
嚕嚕嚕嚕噗
聲音的井口小姐
一人分飾三角的森川先生
卡斯柔德
國王
尤根施密特
伊馬內利
真是大集合啊。
音
在大家都對羅潔梅茵的祝福感到驚訝的場景裡，還臨時追加了某近侍的臺詞。
是祝福——!
完全就是狂熱信徒（笑）。

※此篇漫畫刊登於二〇一九年十二月十日發行的「廣播劇4」之官網，收錄時予以增刪修改。文中內容與日期皆以當時為主。

香月美夜老師Q&A

2020／6／17～6／30這段期間，曾在「成為小說家吧」網站的活動報告上向讀者募集提問，在此奉上回答。這次大概是因為動畫播出的關係，提問如雪片般飛來。非常感謝提供協助的每一位人員。

香月美夜

Q 關於尤根施密特的天文。請問有月亮盈虧與流星之類的現象，也有星座這種概念嗎？由於在對平民宣揚的創世神話當中，光之女神被視為太陽女神，我很好奇是否也有月神，以及日夜是以怎樣的原理在循環。類似於地球上所謂的天動說嗎？

A 日夜是因黑暗之神與光之女神的移動在反覆循環。至於月亮，相傳是光之女神被黑暗之神以披風掩蓋住後的姿態。因此月亮的盈虧周期，全憑黑暗之神的心情而定。流星據說會在星神索提爾拉德前來探視人們的時候出現。並沒有星座這種概念。

Q 請問這個世界有天文學嗎？會不會看著月亮或星星計算季節與天數？旅行商人能根據夜空辨別方位嗎？

A 月亮顏色會因季節而異，所以確實能夠看著月亮判定季節；但看著夜空的星星並無法辨別方位。因為星星經常移動，反而是會定期升落的月亮更能成為指引。

Q 提供給基礎的魔力量會影響到土地的肥沃度，那地震、龍捲風與乾旱等自然災害也能藉由盈滿魔力來預防嗎？還是說天災顧名思義是神的管轄，無法防範？

A 有的可以，有的無法預防。比如哈爾登查爾若在祈福儀式時讓土地盈滿魔力，便能防止乾旱，但必然會引來雷之女神妃亞唐蓮娜降下暴風雨。

Q 尤根施密特有吉數和凶數這種觀念嗎？有的話起源是什麼？如果有具體例子的話也想知道。

A 沒有這種觀念。真要說的話全屬性的七算是吉數。

Q 在尤根施密特，異教徒會受到怎樣的對待？

A 就是無法取得神祇加護和祝福的可憐人吧。因為也無法施展魔法，根本構成不了威脅，基本上就是無視？只會留下這群人經常帶來奇珍異寶的印象。

Q 梅斯緹歐若拉為什麼要刻意打扮得不會被視為結婚對象？

A 因為從小看著那樣的父親與母親長大，有著根深柢固的想法，覺得結了婚也不會有什麼好事。

Q 神像是怎麼製作的呢？貴族院裡的神像會動（但也可能只是底座在動），神具還會發光，代表應該有魔力在流通，所以我很好奇。另外，各領祭壇上的神像與神殿各處的神像，以及芙琉朵蕾妮水浴場入口處的神像，也都是用同樣方法製作的嗎？

A 成立新領地時，君騰會製作成套的基礎魔法、神殿與神具。因此，貴族院、中央神殿與各領神殿內的神像都是由君騰所製作；除此之外像小神殿與芙琉朵蕾妮水浴場等地方的神像，則由平民所製作。

Q 尤根施密特的地圖上，中心寫著中央的那個圓形區塊全是貴族院嗎？那旁邊那圈像花瓣一樣的、什麼也沒寫的空白是什麼？那部分也是中央的領地，有住人嗎？

A 中心的圓圈是貴族院，但由於不在同一個平面上，所以實際上的中央是連同圓圈也包含在內。中央有王宮和離宮，都有住人。

Q 領地邊界附近有很多不適合耕種的土地，所以除了街道以外，那些地方是互不干涉地帶嗎？

A 領地界線是以魔力畫成，所以沒有所謂互不干涉的地帶。但有時若沒能討伐大型魔獸，導致牠在逃至他領後造成危害，就會因此收到怨言……

Q 大領地、中領地與小領地之間有明確的劃分基準嗎？

A 會依土地大小、人口、對中央的貢獻度以及成立時間等等來決定。從前君騰會依功績與鬥爭的結果來重新劃定領地邊界，所以情況與現在大不相同。

Q 人民若損壞了白色建築物似乎會構成犯罪，那內部裝潢如門板、窗戶、內牆、地板與櫥櫃的裝設等，以及外部裝潢如招牌與擴建等，要把東西固定在白色建築物上的時候，不就不能使用釘子了嗎？還是說只要預先提出申請，得到許可就沒問題？

A 請參考第三部小神殿的建立。建築物完成之前，都不能發動守護魔法。若要重新裝潢，則須提出申請、得到許可。

Q 經過長年的使用，白色建築物也會像車轍一樣慢慢被磨損或風化嗎？

A 建築物會變髒，但除非是刻意削磨，否則只要魔力還在運作，建築物都不會產生磨損或風化。

Q 尤根施密特內應該也有具有魔力的魔蟲，請問會有魔蟲長到比人還大嗎？如果有的話，也有可能長到足以變成夏之主或冬之主嗎？

A 有的。只要足夠強大，都有可能變成夏之主或冬之主。

Q 領地的主要城市名似乎都是奧伯的姓氏，那王都也是用君騰的姓氏來命名嗎？還是說王都因為只有一個，沒有另外命名？

A 君騰沒有姓氏。中央就叫作中央。

Q 中央貴族間的地位高低是依出身領地的排名嗎？還是端看與國王以及王族走得有多近？

A 兩者皆有。比如在艾倫菲斯特也是，菲里妮雖是下級貴族，但她因為是羅潔梅茵的近侍，地位因而提升。

Q 中央神殿的神官都是哪些人呢？我很好奇為什麼比起大領地的領主一族等貴族，中央神殿的神官們會對王族更加表現出反抗的態度。

A中央神殿負責舉行君騰的加冕儀式與各種全國性儀式。當然，神殿當中也有無法成為王族的人。過往君騰的候補人選會有好幾名，都是由當時的君騰與中央神殿在商議過後，指定誰為下任君騰。因此在中央神殿，並不承認未持有古得里斯海得的特羅克瓦爾是真正的君騰。只是因為沒有其他人才，才非不得已地由他繼位統治。相較之下，大領地的領主一族因為是他們自己擁戴特羅克瓦爾坐上王位，所以即便個人對他有所不滿，但基本上還是站在特羅克瓦爾這一邊。

Q現任國王與斐迪南有血緣關係嗎？雖然乍看下兩人不像，但如果斐迪南是前任領主的兒子，母親是現任國王的血親嗎？

A阿妲姬莎裡的女性會登記為旁系王族，因此斐迪南身為阿妲姬莎之實，確實具有王族血統。但至於他是不是現任國王的血親，嗯……總之並不包含在日本民法規定的親屬關係如「六等親內的血親、配偶、三等親內的所有姻親」內。

Q領主候補生課程的「前任老奶奶講師」，與特羅克瓦爾有什麼親屬關係？她又是怎麼避免在政變時遭到肅清？

A相當於是特羅克瓦爾的叔母。是前任君騰（特羅克瓦爾的父親）弟弟的第一夫人。因為是庫拉森博克出身，政變時又協助了奧伯．庫拉森博克，才免於遭到肅清。

Q君騰的全名是「君騰．〇〇（本人的名字）」嗎？若再加上姓氏或父親的名字等，會變得更長嗎？

A全名就只有君騰．〇〇（本人的名字）。用意在於表達由神選出的君騰僅此一人；是能力足夠優秀才能得到這個地位，並不是靠血統繼承得來；比起血統，更重視君騰能否為尤根施密特鞠躬盡瘁。為了彰顯以上這些，不會加入姓氏。

Q若以羅潔梅茵貴族院三年級為今年，那政變結束是在幾年前？

A端看視哪裡為結束時機點而定，其實有不小的落差。是第五王子勝利時？獲得神殿認可坐上王位時？處死了第四王子後排除所有候補人選時？還是肅清徹底結束時？……請想成大約在十年前左右。

Q有沒有在政變前就下嫁或入贅，因而得以倖存的前王族成員呢？他們不能輔佐王族嗎？

A上位領地裡就有好幾位，也在輔佐著王族喔。不是有中領地獲得的待遇與大領地相當嗎？但他們也從小就接受臣子的教育，長大後預計前往他領，所以從未接受過成為君騰所需的教育。就和上過領主候補生課程差不多。

Q每隔幾任會送來阿妲姬莎公主的「幾任」是以哪邊為基準呢？尤根施密特國王？蘭翠奈維國王？還是阿妲姬莎的公主？

A以蘭翠奈維國王為基準。

Q關於阿妲姬莎之實。聽說六歲半以前會保障他們的食衣與居所，那會讓他們接受怎樣的教育呢？

A將成為旁系王族的女孩會接受教育，但男孩並不會。不過，由於受洗前的孩子們會集中待在一起，男孩們能在旁邊看著女孩們接受教育。只要不造成困擾，就能在旁邊觀摩，但不能實際拿筆和書寫。

Q領主一族遭到處刑的廢領地可以維持到哪種地步？比如能從供給室補充一定程度的魔力嗎？也很好奇白色建築物、結界以及（關係到結界的？）契約魔法等等會變成什麼樣子。

A因領地而異。有的是領主一族在被處刑前說了：「我們領主一族無所謂，但請拯救其他貴族與領民。」然後主動向王族告知基礎魔法的所在位置，並且交出鑰匙；有的是王族搶走了奧伯讓給下任領主的鑰匙，不斷尋找基礎魔法的下落；有的是領主一族將鑰匙藏起來，嘲笑王族說：「休想我告訴你們！未持有古得里斯海得的國王什麼也做不到，這下看你們如何收拾！」因此，每個廢領地如今的現況都不一樣。

Q由戴肯弗爾格與亞倫斯伯罕管理的廢領地的貴族們，能夠搬到境界門的管理方（戴肯弗爾格與亞倫斯伯罕）這邊嗎？要是這十年來貴族們不斷因為結婚之類的原因離開，廢領地裡的貴族人口應該只會不停減少，是嗎？

A若能被領主一族納為近侍，或在城堡裡找到工作、獲准在貴族區擁有住家，便可以搬過來。由於越年輕的貴族越想藉由結婚離開領地，領內將越來越蕭條冷清。土地的魔力也更是減少，形成一種惡性循環。

Q舊孛克史德克領內似乎會出現黑色魔物，像陀龍布那樣由騎士前去討伐時，是由戴肯弗爾格或亞倫斯伯罕帶頭指揮嗎？還是舊孛克史德克的騎士們自己要加油？

A基本上是舊孛克史德克的騎士們自己要討伐。基貝騎士團尤為賣力。如果規模大到他們自己應付不來，便會聯絡戴肯弗爾格或亞倫斯伯罕這些管理者，請求支援。

Q由中央管理的廢領地之貴族，是披著黑色披風進入貴族院嗎？

A不，還是使用原來的披風。黑色披風是獲選進入中央的證明，不能隨便使用。

Q關於庫拉森博克的地下城市。居民冬天似乎會住在這裡，那夏天也是在這裡生活嗎？另外，地下城市的高度大約有幾層樓高呢？

A夏天同樣是在地面下睡覺喔。但夏天因為要耕田、狩獵，會到地面上來。從前還會打開境界門，在地面上擺起夏季獨有的攤販，可謂熱鬧非凡。

Q 在戴肯弗爾格，被冠上「尚武」的人一般都能做到哪些事情？

A 有能力與見習騎士一起進行訓練。

Q 戴肯弗爾格是唯一會出現夏之主的領地，想知道夏天的氣候以及他們是如何度過的。

A 能夠使用魔導具的貴族大人與平民，在夏天時的生活方式截然不同。以亞倫斯伯罕為例，夏天在中午也就是一天當中最熱的時間出門時，幾乎所有人都會穿著全身鎧甲；因為這樣就感受不到冷熱。因此在戴肯弗爾格，所有人都要能夠輕易變出全身鎧甲。還變不出來的小孩子白天期間不能外出，只能待在屋子裡。

Q 夏之主是怎樣的存在？

A 夏之主出現的原因就和冬之主差不多，所以請參考冬之主的描寫。只不過反應倒是差很多。面對冬之主時，艾倫菲斯特會整個騎士團齊心協力，拚命進行討伐；戴肯弗爾格則是因為騎士與類騎士的人數眾多，完全把討伐當成了一種慶典。大家會興沖沖地一起衝出去：「夏之主今年也出現啦！」

Q 多雷凡赫的披風是淡綠色，跟戴肯弗爾格的藍色以及庫拉森博克的紅色不一樣，並不是原色，意味著現在的領主一族並非最初領主一族的直系血親嗎？如果真是這樣，他們當初是如何成為大領地之一的呢？

A 從前曾有過因下任奧伯相爭，最後只好將領地分割開來、成立新領地的情形。雖然從過程來看並非絕對，但許多新領地在選擇披風顏色時，都只會與父母的領地有些不同。也曾有過原本的領地滅亡，被新領地併吞的情形。

Q 亞倫斯伯罕本是獲勝方的領地，但宿舍的舍監會變成傅萊芮默，是因為前任舍監在政變時去世了嗎？還是因為前任舍監的師父隸屬落敗領地，與師父一起被處刑後，傅萊芮默便被送到中央接任舍監一職？

A 算是後者吧。雖然沒有遭到處刑，但因為師父被問罪，前任舍監擔心受到牽連便離職了。喬琪娜於是推薦傅萊芮默接任舍監。

Q 貴族院的地下書庫只有王族與登記過的領主一族可以進入，會有這種限制，難道是因為貴族院與各領基礎在魔力上是有連結的？

A 是的。原本若只靠王族在提供魔力的基礎，想讓魔力遍布整個尤根施密特非常耗時且耗魔力，所以才在各領設置基礎，達到分部的作用。也因此，魔力是有連結的。

Q 在〈王族與圖書館〉這篇，聽到懷斯說地下書庫裡的書不能拿出來時，歐丹西雅會摀著嘴角渾身顫抖是基於什麼理由呢？真的如羅潔梅茵所說，是因為愛書嗎？

A 因為她想看裡面的書。另外也是因為她會成為知識的守護者，就是為了調查書庫裡有無王族需要的重要情報，沒想到身為圖書館員的自己竟然進不去。

Q 關於閉架書庫。以前書裡提到過，學生的實力必須得到圖書館員認可，否則借不了書。所謂實力是指魔力量或屬性嗎？還是單純指知識量？抑或看整體成績？

A 除了會根據學生在看的和以前借過的書來判斷知識量，也會根據學生的個人行為，比如在老師間的評價、成績、出入圖書館的次數以及逾期還書紀錄等來做評斷。

Q 關於休華茲與懷斯。索蘭芝會說「他們兩人」，羅潔梅茵則說「他們兩隻」；索蘭芝似乎是把他們視為同事、同伴，羅潔梅茵則從主人的角度看待他們。那看在休華茲與懷斯眼裡，對於兩人也會有不同的認知嗎？

A 索蘭芝的認知才是正確的。因為外形的關係，羅潔梅茵才叫他們「兩隻兔子」。而休華茲與懷斯會把看到的人分成以下幾種：「公主殿下（主人）」、「協助者（主人的近侍）」和「其他（圖書館的訪客）」。

Q 貴族院圖書館的館員（知識的守護者）會向梅斯緹歐若拉宣誓效忠，這跟獻名的原理是一樣的嗎？比如若已經向某人獻名，還能成為知識的守護者嗎？

A 不行。雖然不是完全一樣，但這種狀態類似於已向神明獻名。

Q 在〈剩餘魔力的用途〉中，有幕場景是將聖杯裡的魔力倒往圖書館的魔導具，那是怎樣的魔導具呢？

A 類似圖書館的基礎。魔力要是枯竭，圖書館便會崩塌。

Q 在領內與在貴族院的採集區域裡採集，似乎有各方面的不同，那貴族院的採集區域裡就連他領的原料也採集得到嗎？有可能在領內重現採集區域嗎？

A 貴族院是距離眾神最近的地方，因此原料的分布最為平均，種類也非常豐富。可以採到自領沒有的原料。但因為是設置了魔法陣，讓人可以更有效率地採集那塊區域裡的原料，所以即便設在領內，能採到的原料種類還是一樣，並不會增加。

Q 領地對抗戰上所用的「召喚魔物魔法陣」要是遭到濫用，感覺可以用在發起恐怖攻擊或暗殺重要人物等事情上。不知道魔法陣的發動原理是什麼？此外，有什麼使用限制或安全機制嗎？

A 魔物是由術者的魔力所形成。移動範圍又指定在競技場內，進不了看臺區。

Q 通往貴族院宿舍的門扉似乎有很多，好應對領地數量的增減，那請問總共有多少道門？

A 中央樓裡的轉移用門扉中，通往各領宿舍與離宮的門總共有一百道。每個領地都會使用宿舍與茶會室各兩扇門。王族的王宮與離宮則只有一扇門。

Q 貴族院領主候補生的交流會上，曾寫到領地若沒有領主候補生在讀，會派出上級貴族當代表。但上級貴族沒有近侍，那是獨自一人參加嗎？

A 不是。為了在報告時能確實公正，不會只有一人參加，會有負責寒暄的代表、記錄交流會情況的見習文官以及見習騎士，至少要有三人出席。

Q 貴族要如何成為醫師呢？《Fanbook4》曾寫到「救護室老師與其弟子」，那不會透過文官課程之類的管道學習嗎？

A 好比了解魔力流動與急救措施等的人體相關課、藥水與醫療用魔導具的調合、傷者與病患的看護方式等，這些普遍都要學習，因此不管是騎士、文官還是侍從課程裡都有必修課。成為醫師的基本條件，就是要修完這些必修課，以及要能輕易地施展治癒魔法。儘管每個人擅長的都不一樣，但與現代不同，並沒有所謂的專科醫師。而且從比例來看，醫師大多是擅長調合的文官，但侍從當中也有人想成為醫師。像莉瑟蕾塔就為了羅潔梅茵想成為醫師，卻因為調合的魔力量與屬性不足而當不成。斐迪南沒有修過侍從課程裡的看護相關術科課，因此嚴格說來不算醫師。

Q 一定要是醫師才能為產婦接生嗎？如果是具有生產經驗的近侍，是否就不需要醫師？

A 並不是非得醫師不可。比如除了領主一族與上級貴族，一般人大多不會請醫師，只有具有生產經驗的女性陪在一旁。

Q 只有領主候補生能為領地的基礎供給魔力嗎？還是只要為魔石染了色，任誰都能供給？

A 為基礎魔法染色的人是奧伯，所以必須得到奧伯的許可，否則就算為魔石染了色也無法進入供給室。

Q 領主一族都是在供給室提供魔力，那大概每隔幾天供給一次？另外，在完全不供給的情況下通常可以撐幾天？

A 因領地而異。有的領地會把魔力供給當成每天的例行公事；有的是土之日再由大家一起大量供給；有的是有多餘魔力的人輪流供給；有的是領主一族的人數過少，就算每天努力供給，土地還是十分貧瘠。至於不供給魔力的話可以撐幾天，端看領地大小與基礎還剩多少魔力而定。

Q 可以不舉行星結儀式就結婚嗎？

A 這就好比不提交結婚書約便無法成為夫妻一樣，若不舉行星結儀式，婚姻關係便不會得到認可。甚至也不是「事實上夫妻」，會被稱作愛妾。

Q 領主一族會在領主會議上舉行星結儀式，但如果已有第一夫人，迎娶第二夫人或第三夫人時也要在領主會議上舉行星結儀式嗎？那如果新郎是領主一族，但第二夫人或第三夫人只是上級貴族，一樣要舉行嗎？

A 是的。因為有時會從他領迎娶第二夫人或第三夫人，得在眾人面前亮相。此外，第二夫人或第三夫人有時也會視情況出席領主會議，所以亮相是有必要的。

Q 貴族似乎是一夫多妻制，但妻子人數的上限規定是三人嗎？

A 考量到貴族區內別館的數量，妻子與愛妾加起來三人為限。因為在貴族區，即便是上級貴族也不能任意建造別館，得向領主提出申請並借用。冬季社交界時期所有貴族又都會回到貴族區，屆時勢必沒有足夠的空間，因此貴族不能擁有超過三名以上的妻子。但如果是基貝，便能在貴族區以外的地方興建屋宅，所以除了三名妻子，想要擁有成群的平民愛妾是有可能的。

Q 在擁有好幾位夫人的情況下，每位夫人似乎都有各自的作用；那除了「法拉」以外，第二與第三夫人的名字當中也有可以讓人看出順序的中間名嗎？

A 有的。第一夫人的中間名為「法拉」，第二夫人為「亞希斯」，第三夫人為「利頓」，各不相同。

Q 從原本的上級貴族變成領主第一夫人的薇羅妮卡，與從貴族院畢業的領主候補生斐迪南，何者地位更高？

A 如果是領主的第一夫人與領主一族的其中一員，是身為第一夫人的薇羅妮卡地位更高。

Q 貴族院的學生之間，領地排名第一的一年級下級貴族，與領地排名倒數第一的六年級上級貴族，何者地位更高？比如初次見面要寒暄的時候，誰的地位在下？

A 儘管服飾等的豪華程度會有差別，但通常很難一眼便看出對方是上級、中級還是下級貴族，所以初次見面問候的時候都會以領地排名為主。再者要是出了什麼事情、發展成領主間的談話，無論如何都不可能推翻領地排名。因此除非是帶著近侍的領主候補生，請假定基本上都以領地排名為主。

Q 即便是現任領主的弟弟，但如果年紀相差太多，或是之間還有很多兄弟姊妹的話，會以今後將被取消領主候補生資格的前提養育長大嗎？還是會讓他努力學習，以領主候補生的身分入贅至他領？

A 首先應該會保留領主候補生的身分將其栽培長大，以備日後輔佐領主，或與他領聯姻。不過，若個性不適合輔佐或前往他領擔任橋梁，也有可能在受洗前便被送出去當養子。

Q 已經成年且被降為上級貴族的前領主候補生，有可能藉由被收養重新變回領主一族嗎？

A 雖然不是不可能，但非常困難。因為當初就是判定此人不能留下來當領主一族，或是對領主一族來說沒有必要，才將其降為上級貴族。

Q 領主候補生就算降成了上級貴族，仍能使用當領主候補生時學習的魔法（奧伯限定的除外）嗎？

A 學習過的記憶不會被消除，所以可以。

Q 怎樣的人會成為貴族的愛人呢？尤其是魔力量還能懷

上孩子的話，想必有一定的身分，是寡婦之類的嗎？我很好奇克莉絲汀妮母親的身分。

A 通常是沒有孩子也沒有娘家可回的寡婦，或是血統雖然不錯但無法正式出嫁的女性。像身蝕也是，還有以下人身分被養大的貴族之子，很多時候會在失去親人以後便沒有嫁妝也沒了後盾。克莉絲汀妮的母親便是失去親人的貴族女性。

Q 歷史上殖民時期的基督教與伊斯蘭教會在傳教時禁止同性戀情，而在日本卻曾有「眾道」公然盛行。那在尤根施密特又是如何呢？

A 由於無法有孩子，婚姻不會得到最高神祇的認可，但如果收為愛妾的話，不是異性也沒關係。

Q 領主會議時，若奧伯的第一夫人身體抱恙，可以由第二夫人或第三夫人代為出席社交活動嗎？或者第二夫人與第三夫人能以文官或侍從的身分參加領主會議嗎？

A 當然可以。只要領內有人留守，妻子們也願意提供協助的話，即便第一夫人並未身體抱恙，要帶著第二夫人或第三夫人參加領主會議也完全沒問題。

Q 除了領主會議與領地對抗戰，奧伯會另外找時間與他領的奧伯見面開會嗎？比如夏天或秋天的時候，可以幾個交情好的領地聚在一起討論貿易的事情、預先進行交涉嗎？

A 政變前是可以的。現在的話，獲勝方的領地要這麼做也沒問題。但是中立＆落敗領地會被懷疑有反叛的意圖，只會惹來麻煩，所以最好還是避免。

Q 除了返鄉和訂婚需要，可以基於其他理由拜訪他領嗎？例如若有奧伯的許可，羅潔梅茵可以跑去戴肯弗爾格找漢娜蘿蕾，住上好幾天嗎？

A 目前不可能，但等艾倫菲斯特得到獲勝領地的待遇便沒問題。中立＆落敗領地若這麼做會惹來懷疑，因此兩領的領主不會下達許可。

Q 卡斯泰德的姓氏來源是？既然祖父是上上任領主，姓氏原本應該是艾倫菲斯特；父親波尼法狄斯仍是領主的孩子，所以姓氏是艾倫菲斯特。還是上任領主確定人選的時候就更改了姓氏，並由卡斯泰德繼承下來？

A 齊爾維斯特出生後，卡斯泰德因為要從領主候補生降級，得以上級貴族的身分建個新家，前任領主便賜給了波尼法狄斯一個新姓氏。由於是艾倫菲斯特的領主一族，又是林肯伯格家的第一人，全名便是波尼法狄斯・贊恩・艾倫菲斯特・歐爾・林肯伯格。

Q 假設領主候補生擔任的騎士團長是例外，那一般騎士團長會擔任奧伯的首席護衛騎士在尤根施密特是很常見的規定，還是約定俗成呢？

A 例外就如同讀者所說；再來與其說是擔任，不如說是在效忠於奧伯的人當中選出騎士團長後，那個人便自動成為奧伯的首席護衛騎士更正確。

Q 在城堡以及在貴族院生活時，一天會洗幾次澡？換幾次衣服？

A 一般的貴族早上起床後，會先把身上的睡衣換成居家服；要外出或工作的話，再換上外出服或制服。回來以後便換回居家服，等沐浴完了就換上睡衣準備就寢。領主一族去餐廳的時候則會換上外出服。此外更衣之際若需要變換髮型，就得先沐浴。

Q 領主一族的早餐都是各自在房間裡吃嗎？

A 除了一些例外，比如接到傳喚要討論某些事情的時候，以及羅潔梅茵他們為了儀式拜訪基貝土地的時候，否則在城堡基本上都是在自己房間裡吃。在貴族院，則會到餐廳用餐。

Q 髮型上，尤根施密特規定成年女性都要盤起頭髮，未成年女性則要放下頭髮對吧？我本以為是未成年女性不能露出脖子，但又好像不是這樣。

A 重點在於腦後頭髮的長度。未成年女性必須長過肩膀，成年女性則是不能超過肩膀。其實大概是這樣。至於成年女性的劉海和髮鬢，考慮到可能在設計角色時給繪師造成太大的壓力，出版成書時便決定就算稍微長過肩膀，或有些不符合原著描述也沒關係。

Q 女性的頭髮要是因為某種原因而變短，旁人會有怎樣的反應？可以用面紗或假髮之類的道具掩蓋嗎？是否會被視為一種醜聞？

A 會被打探發生了什麼事情呢。可以用假髮之類的道具加以掩蓋。幾乎算是一種醜聞。

Q 除了裙長和髮型，還有什麼與年齡有關的規定嗎（不限服裝和外形）？

A 七歲的洗禮儀式，會得到能戴在左手中指上的戒指；進入貴族院後，十歲的冬季社交界上會得到披風（或領巾）與胸針；貴族女性在訂婚時會拿到鑲有訂婚魔石的項鍊。另外，平民女性大約從十歲起會穿緊身胸衣。

Q 梅茵因為在積雪深厚的土地出生，會不會只是她不知道，但其實尤根施密特境內有著使用圓扇或扇子的文化？還是以前曾流行過，後來徹底過時了？呃，因為想遮住表情或嘴角的時候，感覺使用扇子會很優雅。

A 故事進入第三部以後，其實考慮過添加扇子這個配件。但是這樣一來，文章裡會不斷出現「攤開扇子」這個動作，第三部以後黑白插圖裡的貴族也可能大半都以扇子遮住了臉，所以基於作者如此主觀的理由，便沒有使用扇子了。老實說，插圖的檢查很耗心力，除了左手中指的戒指這種不可或缺的小配件，最好還是能免則免。

Q 故事裡似乎有著貴族女性不能被人看見雙腳的文化，那男性如果看到了腳尖會覺得很幸運嗎？

A 會一邊摀著眼睛心想「不可以看」，一邊又忍不住偷看吧（笑）。

Q 之前說過貴族的平均身高比較高，這是為什麼？因為他們都吃得很好嗎？但像梅茵那樣過度壓縮魔力就會發育不良，感覺有魔力的貴族反而會比較矮吧……

A 最大的差異就在於飲食生活。另外梅茵與芙麗妲是身蝕，她們都是因為魔力累積過多導致發育不良，但一般的貴族從出生開始便擁有可以吸取魔力的魔導具，所以不會過度累積魔力，也不會發育不良。

Q 貴族的孩子出生後至少要喝半年的母乳是為什麼？

A 因為魔力的關係。嬰兒無法好好吸收他人的魔力，容易身體虛弱。平民母親基本上沒有魔力，就不用擔心這個問題。貴族的孩子雖然也能飲用平民女性的母乳，但考量到身分，並不會將平民女性雇為奶娘。至於出生後馬上失去母親的孩子，會提供以母親魔石和父親魔力做成的液狀魔力。

Q 如果小孩子一出生就擁有出生季節的屬性，那要是屬性比較少的人，像是護衛騎士就挑在夏天，文官就挑在秋天出生的話，應該會對孩子很有幫助吧。像這樣挑選懷孕時間的做法在尤根施密特很普遍嗎？

A 應該沒有到很普遍。因為不見得真能在自己想要的時間懷孕，而且就算孩子出生後擁有父母想要的屬性，也可能和安潔莉卡一樣，小孩子未必會選擇父母希望他選的課程，也不見得擁有可以修習該課程的適性。

Q 為了試毒，聽說貴族的餐具和刀叉基本上都是金屬製品，但感覺不太可能自己從頭做起，那是從其他地方買來成品嗎？還是先購買未加工的餐具，再自己刻上魔法陣？

A 基本上會先向平民工坊訂做，再往做好的餐具或刀叉刻上魔法陣。差別只在於是自己刻，還是委託給擅長的人，但對自己的餐具進行加工是很普遍的事情。

Q 飛蘇平琴是貴族在使用的高價樂器，想必對品質有很高的要求。那每做一個新的飛蘇平琴，應該非常耗時且需要技術吧？各領都有能滿足這種需求的工匠或負責買賣的商人嗎？

A 和皮革書籍的裝訂一樣，並不是單一工坊會負責所有工作。製琴會分開來進行委託，比如琴身就交給木匠，琴弦就交給工藝師等。此外飛蘇平琴一般都會細心維護，長久使用。子女繼續使用父母用過的樂器也很常見。若是中級或下級貴族，很多還會在就讀貴族院時兄弟姊妹輪流使用。

Q 偶爾能在貴族的衣服上發現裝飾性鈕釦，那和休華茲與懷斯一樣是使用魔石嗎？

A 地位極高的貴族有些也會使用魔石，但大多是核桃扣，或者金屬和加工過的礦石。第二部Ⅰ裡曾有過鍛造工匠要為貴族大人製作鈕釦的對話。

Q 貴族所用的漱口液是以魔力調合而成嗎？或者是連平民也能製作的配方？

A 會由侍從製作。若沒有貴族侍從，便會自己製作。平民做不出來。

Q 感覺斐迪南與羅潔梅茵的工作量根本過量，那他們實際上究竟做了多少工作？順便想知道與羅潔梅茵同世代的一般領主候補生，都是做多少工作？

A 就和優秀文官的工作量差不多。因為工作往往會落在有能力的人身上，真教人傷腦筋呢。至於他領的領主候補生，通常會有輔佐領主的成年領主一族在旁指導，一邊慢慢學習如何處理公務，一邊與領內的貴族往來、建立交情。一般並不會舉行儀式、成立新事業，還帶頭主導事業。

Q 以洗淨魔法變出來的水能喝嗎？詠唱咒語後變出來的是魔力？還是普通的水？

A 不能喝。因為是以洗淨魔法變出的魔力，並不是水。

Q 魔法的咒語在詠唱時得發出聲音才有效果嗎？反正都要向神獻上祈禱與魔力，是否不發出聲音也能使用魔法？

A 不發出聲音的話，無法傳到神的耳朵裡。

Q 設定上過多的魔力若堆積在體內，會對身體不好、影響發育，那老化速度也會比較慢嗎？還是說反而會變快，或讓身體容易生病？

A 並不是老化速度會變慢，而是會發育不良，身體容易生病。

Q 用自己魔力所做的盔甲和武器，在本人失去意識後會消失嗎？

A 只要與身體還有接觸、魔力還在提供，就不會消失。

Q 雷根辛的鱗片會變成全屬性魔石，是因為將其染色的人是全屬性嗎？還是達穆爾也能變出全屬性的魔石？

A 全看染色者的持有屬性。達穆爾並無法染出全屬性的魔石。再者他的魔力太少，也無法讓鱗片變成魔石。

Q 羅潔梅茵與斐迪南在情緒起伏劇烈的時候，眼瞳會變成虹色，這是因為他們是全屬性嗎？還是說像達穆爾這樣屬性較少的貴族，眼瞳是依自己的屬性變色？

A 是的。屬性不同，呈現的顏色也不一樣。像達穆爾是灰色中混著黃色。

Q 魔力較低的人，能把魔力比自己多的人染色嗎？

A 在感知得到魔力的範圍內是可以的。

Q 設定上魔力量相差太多就無法有孩子，那也很難染上彼此的顏色嗎？

A 的確很難。若有魔導具和藥水的幫助，或許多少還可以，但差距如果太大，一般說來會是其中一個人被單方面染色。

Q 海德瑪莉是中毒後與腹中的孩子一起喪命，那肚子裡的胎兒也會變成魔石嗎？

A 會和母親的魔石挨在一起，並不會形成獨立的魔石。而且視腹中胎兒的成長速度而定，有時還會幾乎無法辨識。

Q 原料似乎會趁著魔物還沒斷氣的時候一一摘除，那取完原料以後，魔物死時形成的魔石會因為死前被取走了原料，導致魔石品質下降嗎？

A只是部位不一樣，品質並不會下降。反倒是死前因為感受到痛苦和恐懼，流往魔石的魔力變多，品質還會因此提升。

Q關於人的魔石。尤根施密特的居民或多或少都有魔力，但一般平民似乎不會變成魔石。那要擁有多少魔力才會變成魔石？

A至少要達到下級貴族的下限。

Q所謂魔石品質很好是什麼意思？像是魔力品質越好就越堅固，越不好就越脆弱之類的差異嗎？

A作為參考依據的項目有很多，譬如魔力含量、魔力容量、屬性數、魔力濃度、染上魔力的難易度等。配合當下所需的項目，再從整體來做判斷。

Q動畫的設定資料裡出現過防止竊聽魔導具的設計圖，所以母機是範圍型的防止竊聽魔導具？既然子機有四個，代表最多可以同時四個人使用嗎？

A是的。若想指定範圍，就要用子機決定範圍，然後發動母機。不指定範圍、私下談話的話，最多可以四個人。

Q奧多南茲的魔石都有持有者嗎？那有方法可以辨別持有者是誰嗎？還是大家就一起重複使用？

A基本上若收到奧多南茲，都會在回覆後直接送回給持有者。但是，由於沒有方法可以辨別持有者是誰，所以同時有很多奧多南茲飛來的時候，大家就不會介意是誰的魔石，直接重複使用。

Q貴族應該也會吃便當，那會裝在怎樣的容器裡？

A因階級與狀況而異。譬如羅潔梅茵的近侍們把午餐送到赫思爾的研究室時，以及士之日在採集場所野餐時，都會特別使用魔導具，不讓餐點的美味流失。但下級貴族帶著自己的午餐外出時，只會放在普通的盒子裡；騎士長期在外採集原料時，則會把泡熱水後即可食用的攜帶式糧食裝在皮袋。

Q想了解貴族的雨具。他們使用的雨具與平民相似嗎？

A外觀很相似。有很寬的帽緣，搭配防水披風。防水功能是因為畫了魔法陣，這點便是與平民的不同之處。

Q這世界有類似吹風機的魔導具嗎？

A雖然吹出的不是熱風，但有利用風魔石吹出冷風的魔導具。

Q書上寫過康拉德所用的孩童魔導具是以菲里妮母親的魔石製成，那菲里妮母親生前使用的孩童魔導具呢？

A由菲里妮在使用。

Q尤列汾藥水使用過一次後就不能再用了吧？用完以後就丟掉嗎？

A是的。把空魔石放進尤列汾藥水裡，回收完融解出來的魔力後便丟棄。

Q孩童用魔導具似乎只有上級貴族能製作，那有人的工作是專門在製作和販售魔導具嗎？

A孩童用魔導具並不會事先做好，都是拿到原料、接到委託以後才開始製作。委託人必須自己準備符合家族地位的魔石等原料。

Q斐迪南也送了護身符給韋菲利特和夏綠蒂，那他們戴在身上的時候，會受魔力影響而感到不快嗎？

A不，完全不會。與訂婚魔石不同，護身用的魔導具並不會讓人感受到製作者的魔力。否則的話，戴著柯朵拉所做護身符的漢娜蘿蕾便會經常感到不快，多雷凡赫也不可能一口氣做好護身符再發給所有學生。但有的人不喜歡自己的配偶身上戴著他人製作的魔導具，因此斐迪南不會直接交給芙蘿洛翠亞，會請齊爾維斯特轉交。

Q安潔莉卡會使用魔劍，那一般是如何取得魔劍的呢？

A有很多管道，可以自己做，也可以委託擅長製作魔劍的人。安潔莉卡是修習騎士課程時，父母送給了她魔劍當賀禮。儘管取得的管道十分尋常，後來卻因為羅潔梅茵與斐迪南的關係，讓斯汀略克發生了異於一般魔劍的變化。

Q羅潔梅茵為魔劍灌注魔力時，萬一她覺得魔劍需要的是智慧以外的特質，最終具備的特質會因她的期望而改變嗎？

A現在的斯汀略克，是混合了羅潔梅茵與斐迪南兩人魔力的結果，所以若只有羅潔梅茵的魔力未必會產生變化。

Q安潔莉卡若是亡故，斯汀略克會怎麼樣呢？可以變更主人，由另一個人繼承嗎？

A魔力可以重新進行登記，但就像恢復原廠設定一樣，不會再是原本的斯汀略克。

Q基貝・喬伊索塔克生前曾是石舖的老主顧，他購買的那些碎魔石都拿去做什麼用了？

A用來教育身蝕士兵。因為若想操控魔力，必須要有魔石。此外，需要進行交易的亞倫斯伯罕也會賣魔石給他。

Q身蝕出現魔力失控的情形時，連魔石也不會留下嗎？如果身蝕之子沒有發生魔力失控就死亡，能夠取得魔石嗎？那留下來的是全屬性魔石嗎？

A魔力失控的情形下會留下魔石。而且比起像是被陀龍布吸走等等這類使用了魔力後才死去時的情況，魔石的魔力含量會更高。如果從來沒有染上其他魔力，會是淡淡的全屬性魔石。

Q身蝕被熱意吞噬而喪命時，是否所有人都會發生魔力失控的情形，皮膚不斷鼓起、彷彿熱意在體內爆炸一樣？還是魔力比較少的人，熱意就不會到處亂竄，可以平靜地嚥下最後一口氣？

A魔力較少的身蝕，皮膚不至於有鼓脹突起的情況。但會感受到內臟破裂般的痛苦，所以恐怕無法平靜地嚥下最後一口氣。

Q光是故事裡出現的平民區身蝕，就有梅茵、芙麗妲、莉絲和戴爾克，難不成身蝕的比例其實相當高？

A 是啊。神話裡，為免被埃維里貝找到，他們還被稱作是流亡的蓋朵莉希之子，所以只是不為人知而已，其實人數還不少。

Q 夏綠蒂、韋菲利特與羅潔梅茵的披風上有刺繡嗎？還在就讀的學生當中，有幾成的人披風上會有刺繡？

A 韋菲利特的披風有芙蘿洛翠亞幫忙刺繡。夏綠蒂與羅潔梅茵則要當成練習，開始為自己的披風刺繡。男性只要有母親幫忙，或是被姊妹拿去當實驗品的話，披風上就會有刺繡。女性則要自己動手，為將來做練習。一年級生因為剛拿到披風，大多不會有刺繡，之後逐年增加。尤其要尋找結婚對象的女性還會用來宣傳自己。因此一心只想看書的羅潔梅茵總說：「我已經有未婚夫了，不用再宣傳自己啦。」侍從們都絞盡了腦汁想讓她練習刺繡。

Q 披風上的刺繡都是繡在哪裡？

A 隨個人喜好。有人想醒目地繡在正中央，也有人想具備裝飾功能地繡在四個角落；有人會繡在邊緣，也有人會像畫作一樣繡滿整面……個人喜好固然重要，但畢竟不是每個人都擅長刺繡，所以刺繡時也要考量自身能力。

Q 守護用魔法陣的效果會因大小而有差異嗎？是魔法陣越大效果就越好？還是就算小小的，只要魔法陣的性能足夠優秀就有效果？

A 比起大小，更因結構、屬性數和原料而有差異。

Q 有所謂披風上一定要繡的魔法陣嗎？

A 有的。女性會從父母或侍從那裡習得，並且必須練習。

Q 斐迪南大人之前在領內似乎都是披戴肯弗爾格的披風，代表除了在貴族院以及他國人士也在的場合，在自領可以自由選擇披風顏色嗎？假使可以，關於能使用的顏色有沒有什麼規定？譬如王族的代表色不能使用之類的。

A 即便在自領裡頭，騎士團仍要披戴領地代表色的披風，但私下的場合裡並無特別限制。至於王族的代表色，只是因為披戴的話會被人指指點點，所以沒有人會使用，但從未明文禁止。

Q 斐迪南之前在披風上使用了羅潔梅茵的隱形墨水，想知道披風上如果沒有刺繡，會很引人側目嗎？

A 倘若完全空白，多少會引來側目，但沒有母親或同母姊妹的貴族會沒有刺繡也是很正常的事情，旁人頂多覺得「他沒有人能幫忙刺繡啊」。結婚後應該有妻子幫忙繡，所以婚前的話，還不至於引來太多同情的眼光。

Q 海斯赫崔的披風似乎經過斐迪南大人的大力改造，那他歸還時有把披風恢復原狀嗎（好防止魔法陣之類的研究成果外流）？

A 沒有。因為他搶走了這件披風將近十年的時間，為了向海斯赫崔的夫人表達歉意，魔法陣便直接轉讓。

Q 之前斐迪南一直在使用海斯赫崔的披風，但明明只要向齊爾維斯特說一聲，隨時都能取得領地的披風（尤其是在薇羅妮卡失勢後），他為什麼都不開口？

A 單純只是不想坦白告訴齊爾維斯特：「我的披風被你母親搶走了，再給我一件新的吧。」就好比遭到霸凌的孩子，不敢把自己遭到霸凌一事告訴家人，請想像成是類似的心情。

Q 領主候補生製作騎獸時似乎可以使用領地徽章的圖案，那要是降為上級貴族，使用了徽章圖案的騎獸是否必須改掉？

A 領主一族如果是因為結婚而降為上級貴族或是前往他領，為了誇耀自己的出身，大多會保留繼續使用。但如果是因為犯罪而被降級，或是被收養後成了上級貴族，就會下令命其更改。

Q 領主候補生成為領主以後，騎獸一定要有三顆頭，或是一定要使用領徽上的圖案才行嗎？

A 有的徽章圖案不適合做成騎獸，所以並非強制。甚至還有變更的權利。

Q 出現在領地徽章上的動物，如果是他領的貴族可以使用嗎？比如卡斯泰德的騎獸好像是老鷹還是鷲，有點不太清楚，但戴肯弗爾格領徽的圖案裡包含老鷹，所以這點我很好奇。

A 家徽上的圖案與他領的領徽雷同是很常見的事情。但一般人在設計家徽時，就會避免與自領徽章的圖案一樣，所以在領內不會有重複的情況。順便說明卡斯泰德的騎獸是獅鷲。

Q 在貴族院的課堂上，羅潔梅茵展示了乘坐型的騎獸引起矚目，但貴族女性在緊急要使用騎獸的時候，會不換騎獸服就乘坐嗎？用側坐的方式？

A 如果是遭到攻擊、有生命危險這種緊急的情況下，當然會不換騎獸服就乘坐吧。因為哪裡還顧得了是否得體和丟不丟臉。不過，貴族女性一般不會有緊急需要移動的時候呢。

Q 獻名石一旦做好，就連本人也無法處理掉嗎？

A 不能。

Q 在持有獻名石時所下的命令，在歸還名字以後仍然有效嗎？斐迪南與前任領主許下的約定是受了獻名石影響嗎？

A 名字歸還以後便沒有約束力，因此會無效。另外，約定與命令並不相同。

Q 獻名的人，在接受獻名的人因情緒起伏而魔力產生變化時，可以感知到怎樣的程度？

A因情緒起伏而產生的魔力變化嗎？這種細微的差異是感知不到的。除非是非常劇烈的變化，比如正使出所有魔力進行威懾、將因魔力枯竭而亡，或是魔力失控到了瀕死的地步，否則不會有任何感應。

Q書裡曾寫到有人因為獻名變成了全屬性，在加護儀式之前魔力的消耗量就減少了，所以獻名和大神的加護不同，不必舉行儀式就能有效果囉？

A並不是魔力的消耗量變少，而是多了一層主人的魔力後，整體的魔力量與屬性數都有所提升。

Q想知道獻名石的命令有多大效力。不經意說出口的低喃也會變成命令嗎？還是主人若沒有明確要下令的意思就沒有效？要是下了明顯不可能達成的命令（比如「變成無屬性吧」等）那又會怎樣？

A由於要握著獻名石下令，只要握在手中的時候，即便是漫不經心的低語也會變成命令。倘若下了明顯不可能達成的命令，那麼直到解除命令之前，都能看到被命令者痛苦得幾欲發狂的模樣。

Q持有好幾個獻名石的人，要怎麼分辨哪顆石頭是誰的？因為獻名石好像都是類似白繭的外觀，很好奇分辨方法。

A光從外觀分辨不出來，但只要伸手觸摸獻名石，腦中就會浮現該獻名者的名字。

Q神殿是基於怎樣的教義禁止神官結婚呢？捧花在神殿這麼盛行，由此可知應該並不禁止神官有性行為，所以感到有些奇妙。想知道是怎麼發展到了今天這樣。

A原本神殿是未成年男女向諸神祈禱的地方，以取得更多加護，因此禁止談情說愛。青衣又象徵著會努力精進成長的顏色。通常等到成年、取得加護以後，便會離開神殿並結婚，所以不被認可為貴族的人們會被留在神殿裡。不成熟的人就不能結婚、成立家庭，因此神殿裡的人才被禁止結婚。直到現在也一樣。

Q灰衣神官可以自己存錢買下自己，變成自由之身嗎？

A不行。要有自己以外的買主。

Q灰衣神官也需要有駕駛馬車的技術嗎？

A如果是會往來於貴族區與神殿，也要因祈福儀式和奉獻儀式而出遠門的青衣神官，侍從中若有人懂得駕車會受到重用。

Q神殿的洗禮儀式上，疑似在守門的人曾穿著藍色為主的服裝搭配簡易鎧甲，看起來是儀式用制服。那是騎士團派來的嗎？

A騎士不會被派來為平民的洗禮儀式守門，那是灰衣神官。身上衣服會遵照當下季節的貴色，未必都是藍色。

Q儀式服似乎也有階級之分，那梅茵以前的藍色儀式服是何種等級？所以韋菲利特是勉強穿了不符合自己地位的儀式服嗎？

A最一開始訂做的儀式服大約是下級貴族等級，卡斯泰德與達穆爾送給她賠罪用的則是中級貴族等級。一般未成年的神官及巫女不會出席儀式，所以當時兒童用的儀式服只有羅潔梅茵才有。韋菲利特並不曉得神官的儀式服也分等級，而且比起衣服的等級，他更在意儀式服上的花紋很女孩子氣。

Q關於蘇彌魯。齊爾維斯特養過的布洛似乎有著和梅茵髮色一樣的毛色，但圖書館的魔導具懷斯與休華茲卻是白色和黑色。蘇彌魯的毛色其實很多彩繽紛嗎？

A生長在野外……活生生的蘇彌魯毛色多是藍色。像休華茲他們這樣的魔導具和布偶，毛色都反映出了製作者的喜好。

Q平民當中也有醫生嗎？如果有，又是怎麼學習的呢？像伊娃當初懷孕，即便是平民也能請醫生來做類似產檢的檢查嗎？

A會一邊幫父母的忙，一邊從做中學。平民沒有所謂的產檢，都是由經驗豐富的女性擔任產婆。

Q這個世界有獸醫嗎（譬如馬對平民來說是很昂貴的動物，要是受傷或生病了，應該會對持有者造成很大的損失）？

A在管理著複數馬匹的馬車工坊等地方，會有馬夫負責照顧馬匹。也有人因為從事畜產相關工作而對動物很了解，所以會有人來找他們商量，但並沒有明確的獸醫這種職業。

Q平民在吃的都是硬硬的黑麵包，如果做成法式吐司會比較美味嗎？

A當然會比直接吃要美味許多。

Q平民都是怎麼剪頭髮？剪刀不是很貴嗎？

A是用一種像小刀，或者說像剃刀的薄刀片剪頭髮。

Q關於伊娃與昆特的婚事。故事裡面只提到父親，那母親對於這樁婚事有什麼看法呢？

A大概是覺得能嫁的時候，可以嫁給不錯的對象就好了吧。因為一般都由父親決定女兒的結婚對象，除非挑的對象太糟糕，否則母親不太會反對。

Q第二部IV裡頭，伊娃曾這麼說服昆特：「反正孩子到了十歲，就算離家獨立也不奇怪。」但十歲就獨立的話感覺很早，請問這個世界一般的夫妻大約都生幾個小孩？

A並不是每個孩子都會在十歲就離家獨立。應該說是得到認可、成為都帕里學徒以後，有的孩子就會住進工坊或是店裡。從再也不能回家這點來看，梅茵與他們的情況截然不同，所以伊娃只是想成梅茵就像是去當了都帕里學徒，以此來說服自己。平民平均會生五到六個小孩。因為孩子很少能活到長大。

Q梅茵造紙初期，為什麼從沒出現過「木板」這個選項？雖然故事可知在遇見歐托之前，梅茵從來沒見到過，但還是覺得不可思議。

A梅茵做過木簡，卻被燒掉了喔。如果是指在那之前從沒出現過這個選項，是因為梅茵沒有自己的小刀。她是在多莉受洗過後，得到了幫忙做家事用的小刀，才有了可以削木頭的工具。

Q 神官長在為梅茵朗讀神殿長聖典時，應該注意到了聖典上的小抄，當時他有什麼想法嗎？

A 大概就是：「看不懂古文嗎？我想也是。」斐迪南與梅茵不同，對聖典並沒有什麼感覺，又擁有在貴族院學習過的知識，也不曾被迫背下大量禱詞，所以不會像羅潔梅茵那樣覺得「太奸詐啦！」。

Q 起先拜瑟馮斯曾誤以為梅茵是富家千金，還擺出老好爺爺的姿態。但以他的個性應該非常看不起平民，所以即便是平民，只要有錢他就願意與其對等交涉嗎？

A 怎麼可能視為對等的存在呢。他心裡可瞧不起平民了。想敲詐的時候，有錢平民可說是上好的肥羊嘛。拜瑟馮斯會先和藹可親地拉攏對方的父母，等到交情變好了再翻臉不認人，開口威脅對方。

Q 討伐陀龍布時，為什麼斐迪南是用思達普堵住梅茵的傷口，而不是施展洛古蘇梅爾的治癒？其實可以不用解除暗之祝福吧？

A 施展洛古蘇梅爾的治癒時，飛出來的魔力會散布相當大的範圍，因此若以斐迪南的魔力施展治癒，反而只會讓陀龍布加速成長。他才決定先使用可以細膩操控魔力的思達普，用最少的魔力堵住傷口、止住鮮血。畢竟當時斐迪南還不曉得無能的護衛們到底做了什麼，不能讓達穆爾他們靠近梅茵，便判斷由自己來處理更迅速確實。

Q 大家曾在孤兒院裡互丟塔烏果實，但為什麼事後斐迪南會跑來檢查呢？此外地上的石板突了起來，是否代表損壞了白色建築物，會被問罪？

A 如讀者所猜測，正是因為白色建築物遭到破壞。斐迪南一到城堡就被齊爾維斯特叫過去，告訴他神殿那裡有不尋常的動靜。齊爾維斯特感受到異樣後，曾透過水鏡察看情況，但只看見一群孩子在開心地投擲果實，所以只是提醒斐迪南：「他們看來只是在玩，但你還是要檢查一下。」斐迪南先是道歉：「是我允許了孤兒們在屋外玩耍。」回到神殿以後便趕往現場察看。

Q 祈福儀式時，梅茵在遇襲後喝的應急用藥水實際上是什麼呢？

A 是魔力枯竭時飲用的，斐迪南將自己魔力液化後的藥水。因為魔力若是完全枯竭就會喪命，回復藥水的作用又是讓體內原有的魔力增加，所以梅茵至少得先喝下一點這個藥水。儘管貴族一般都接受不了他人的魔力，會覺得很苦又難受，但斐迪南心想著「總比什麼都不做要好」，而且提供的量也不多，等回到馬車去拿回復藥水的時候，藥水也應該染上梅茵自己的魔力了。只不過梅茵是身蝕，並不是一般的貴族，再加上窺看記憶的時候就已經染上斐迪南的魔力，結果藥水出奇有效。

Q 第二部裡梅茵說她想當神殿教室的老師時，曾被侍從齊聲禁止，那為什麼她和孩子們一起玩歌牌就沒關係？

A 因為教導孤兒是灰衣神官及灰衣巫女的工作。視察時，讓孩子們以孤兒院長贈送的歌牌和她一起玩當作接待，與讓孤兒院長做灰衣神官及巫女的工作是兩回事。

Q 第二部IV曾寫道「神官長用平靜的語氣述說伯爵是以偽造文書入城，還報告了我在平民區遇襲一事」。從房裡出來的神官長為什麼知道梅茵曾在平民區遇襲呢？

A 因為北門的騎士們在達穆爾釋出求援信號後採取了行動。除此之外，騎士團也向斐迪南告知了東門士長的疏失以及達穆爾的報告內容。當時由於神官長人在秘密房間裡，收不到奧多南茲，所以達穆爾才被派往神殿，負責報告與擔任梅茵的護衛。與此同時，回到北門的騎士也送出了魔導具信向斐迪南報告。由於神官長吩咐過：「對外宣稱我不在。」阿爾諾才會（明知有大事發生）仍將神殿長與法藍拒於門外，但他瞞不了騎士寄來的魔導具信。侍從們因此呼喊人在秘密房間裡的神官長，向他報告此事。若照時間順序來說明，就在梅茵魔力失控、神殿長拿出黑色魔石的時候，神官長正好從秘密房間裡出來；他透過收到的信與奧多南茲在掌握事態時，發覺達穆爾與賓德瓦德伯爵釋出了魔力在互相攻擊，於是來到走廊……在梅茵看不見的神官長視角裡，整個過程大概就是這樣。

Q 從拜瑟馮斯視角的序章等篇章來看，要是曾徹查過拜瑟馮斯、賓德瓦德伯爵與薇羅妮卡的記憶，應該就能看到與獻名有關，以及薇羅妮卡派犯下過哪些罪行的記憶，為什麼卻遲遲沒有掌握到有關獻名的情報，至今也沒對那些罪行下過處罰，很好奇有什麼理由嗎？

A 原本除非是犯下了會對領地造成重大影響的大罪，否則一般不會輕易使用窺看記憶的魔導具。因為不管是窺看的人還是被窺看的人，都會對他們造成很大的負擔，一不小心還會變成廢人。領主的母親竟趁領主不在時擅自用印，引導早已下令禁止的他領貴族入城，這雖然也是重罪，但在當時並不認為有嚴重到需要窺看記憶。比起想要奪取領地基礎的喬琪娜，薇羅妮卡為了讓齊爾維斯特成為奧伯一直是盡心盡力，兩者對領地帶來的危險程度截然不同。反過來說，魔力量可能勝於奧伯且來歷不明的小女孩梅茵，以及曾想進入白塔救出薇羅妮卡的韋菲利特，在當時都被視為是非常危險的存在。

Q 養父大人將薇羅妮卡拉下來以後，中立派的貴族曾在私底下語帶遷怒，責怪他都沒有先透露半點徵兆，那他這樣的舉動真的很不尋常嗎？但要是照著一般的做法先透出端倪，感覺就無法達到現在的切割效果，難不成還是可以成功嗎？

A 他的行動等同要捨棄自己的母親與派系，因此確實很不尋常。但如同讀者所擔心的，要是照著一般的做法先透出端倪，就抓不到那些人了。會和嘗試過無數次卻以失敗收場的過往一樣，被母親和她身邊的人阻止吧。

Q 在如今甚至有人因魔力不足而餓死的情況下，以前卻曾通融魔力給法雷培爾塔克，那艾倫菲斯特領內的人是否因此非常痛恨法雷培爾塔克與養母大人呢？薇羅妮卡大人失勢後都好幾年了，芙蘿洛翠亞派的實質領導人仍是艾薇拉母親大人，是不是也與此有關？

A 決定通融魔力的是齊爾維斯特，第一夫人並沒有決定權。再者，法雷培爾塔克不僅是第一夫人的故鄉，同時也是領主同母姊姊嫁往的領地。但芙蘿洛翠亞因為被薇羅妮卡疏遠，像奧斯華德那樣的貴族又一直說她壞話，所以她在舊薇羅妮卡派內的風評始終不是很好。順便說明，艾薇拉是以輔佐芙蘿洛翠亞的立場擔任派系的實質領導人，並不代表她能取代芙蘿洛翠亞。

Q 前任神殿長為什麼要寫信告訴喬琪娜基礎魔法在哪裡呢？他這麼做等於背叛了薇羅妮卡吧。

A 他只是做紀錄，並非寫信。因為如果是信早就送出去了，不會還留在盒子裡。前任神殿長發現了基礎魔法的所在地後，清楚知道自己沒有能力掌控，也知道基礎有多麼重要。因此為免侍從看懂，他用了暗號把這件事記錄下來，連同收到的信一起藏進只有神殿長能打開的書櫃裡。這麼做只是種自我滿足，偷偷留下紀錄證明自己找到了基礎。結果，發現了這份紀錄的是成為神殿長的羅潔梅茵；當作遺物同意交給喬琪娜的是齊爾維斯特；成功解讀內容的，是為免被母親發現而把抱怨寫成暗號，一直以來與前任神殿長通信的喬琪娜。前任神殿長並沒有背叛薇羅妮卡。

Q 對羅潔梅茵來說，能在秘密房間裡與平民區的人們見面是非常重要的事情，斐迪南應該也知道。那秘密房間裡發生的事情，會經由達穆爾或法藍傳入斐迪南耳裡嗎？

A 當然會向他報告。所以斐迪南才知道對羅潔梅茵來說，與平民區人們的交流與接觸有多麼重要。倘若不知道，從一開始就不會接受在秘密房間裡與羅潔梅茵有肢體接觸，關係也不會變得那麼親密。

Q 第四部裡羅潔梅茵曾感知到原料本身的魔力，還能將魔力平展開來去感知異樣的魔力，是因為她擁有魔力感知能力了嗎？

A 不是的。如同第五部Ⅰ〈終章〉裡所說，羅潔梅茵目前還沒有魔力感知能力。刻意將魔力平展開來進行探索的魔法，與會自行感應誰的魔力與自己相當的魔力感知並不一樣。

Q 如果像聖典遭竊時那樣把魔力平展開來，斐迪南和卡斯泰德也有辦法感知到身蝕士兵嗎？反過來說，如果自己原有的魔力量比對方或比魔導具製作者還低的話，這個方法也有效嗎？

A 要感應到異於自己的魔力是可能的，而且有效。只不過，必須想要探索的對象身上擁有異於自己的魔力。平民並不是可以探測到的對象。此外，如果不是在房間這種有大小限制的範圍內，只會沒有止境地消耗魔力。加上集中精神進行探索時，整個人會毫無防備，不適合在戰鬥時使用。

Q 第二次製作尤列汾藥水時，羅潔梅茵把魔石裡的雜質魔力都清除乾淨後，斐迪南為什麼在檢查時沉思了很長一段時間？是因為羅潔梅茵完成得太出色？還是有其他理由？

A 因為他發現羅潔梅茵的魔力與自己過於相近、幾乎不感到排斥，為此感到疑惑。

Q 畢業之際才會去取思達普的那時候，奪寶迪塔是使用魔劍當武器嗎？還是一般的鐵製武器？

A 是使用劍與長槍這類的魔導具武器。二年級時，曾有門術科課在教學生如何用思達普變出武器與盾牌吧？當時擺出來當範本的武器和防具，實際上曾被拿來使用過。比賽上還會使用文官所製作的，各種兇殘的攻擊用魔導具。

Q 奪寶迪塔有不能死人的規定嗎？

A 並未特別規定。只不過政變以後，因為不能讓貴族的人數繼續減少，便更改為比競速迪塔，但以前經常有人在比賽中喪命。

Q 上級貴族蕊兒拉娣為什麼會加上「大人」稱呼下級貴族菲里妮呢？

A 因為菲里妮是他領領主候補生的近侍，要是對她無禮、主人跑來討公道的話，只會招致麻煩的事態。既然菲里妮負責處理徽章作業一事，即便她是下級貴族，還是表達出基本的敬意比較保險。

Q 在〈貴族院的奉獻儀式〉裡，有兩名亞倫斯伯罕的學生被舒翠莉婭之盾彈了出去，當時他們是對誰抱有敵意呢？

A 兩人都是舊孛克史德克出身的見習文官，因此是對君騰懷有敵意。

Q 在貴族院舉行奉獻儀式時，羅潔梅茵變出了第二把思達普，她為何變得出來？另外，希望也能解答這與騎士變出武器以及複數的盾牌有何不同。

A 因為羅潔梅茵是在白色庭院取得了全屬性的神的意志，再加上她以第一把思達普變出的物品並不在手上、當時的魔力又處在飽和狀態，以及想再變出一把思達普；這是所有條件都達成後產生的結果。其實從前也有君騰可以變出所有神具，綜觀漫長的歷史，前例所在多有，但在現今的尤根施密特，能夠變出兩把思達普的人只有她一個。騎士課程有一門術科課，要練習怎麼把武器與盾牌當成一整套的裝備來操控，但那是將同一把思達普分裂開來，並不是變出第二把思達普。複數的盾牌也是根據課堂所學再做活用，以同一把思達普分裂而成，所以斐迪南也變不出第二把思達普。

Q 羅潔梅茵好幾次都成為迪塔的寶物，很好奇以迪塔來說這樣算是特例嗎？戴肯弗爾格平常比的迪塔又是什麼樣子？是以魔獸作為寶物嗎？

A 一年級時比的迪塔，寶物是放在騎獸裡頭的魔獸。羅潔梅茵只是用騎獸載著魔獸，自己並不是寶物。二年級時是因為斐迪南的策略成了寶物。但這是少人數迪塔的一種做法，由隊伍裡的一個人成為寶物，省下捕捉魔獸的體力與時間，所以也不算是特例。至於三年級時比的搶婚或者求娶迪塔，由求娶對象成為寶物是很常見的事情。雖然羅潔梅茵他們確實老是在比有些奇特的迪塔，但個別來看都很正常……只不過，自從領地對抗戰改成了比競速迪塔以後，一般的領主候補生都不會參與迪塔，只有戴肯弗爾格除外。這點倒是特例。

Q 比求娶迪塔時，藍斯特勞德一碰到羅潔梅茵的臉頰，護身符就發動了。發動條件是什麼呢？

A 是羅潔梅茵對他的抗拒。

Q 比求娶迪塔時，戴肯弗爾格的秘寶化成了金粉，藍斯特勞德有沒有因此挨罵？漢娜蘿蕾是否也跟著挨罵了？

A 不只藍斯特勞德，同意將秘寶帶出領地的奧伯也沒料到羅潔梅茵的魔力如此豐富。所以比起生氣，更只是語氣平淡地討論今後要如何賠償。將黑盾帶出領地以及黑盾化成金粉都與漢娜蘿蕾無關，所以她不會挨罵，倒是追問了她離開陣地一事。

Q 關於黑盾化成金粉，如果是奧伯．戴肯弗爾格或藍斯特勞德，有可能重現嗎？

A 如果是問辦不辦得到的話，上位領地的奧伯都沒問題。但是，都已經為了神具釋出所有魔力，居然要再耗光好不容易恢復的魔力，如此愚蠢的行為會影響到之後的戰鬥，一般人不會這麼做。也只有不懂戰鬥的羅潔梅茵做得出來。

Q 在跑去求娶迪塔搗亂的中央騎士們背後，應該有勞布隆托或者蘭翠奈維的同夥在操控，那他們的目的是什麼？

A 目的有很多喔。比如陷害那些騎士、讓王族與中央騎士團之間產生不信任感、阻止戴肯弗爾格得到羅潔梅茵等。

Q 比求娶迪塔時羅潔梅茵因為喝了太多回復藥水而病倒，甚至陷入昏睡，但她明明身體不舒服，卻好像完全沒人來為她看病。

A 因為黎希達等侍從們並沒有找醫生來貴族院為她檢查。以往也是除非情況非常嚴重，就連喝藥水也不管用，否則不曾叫斐迪南過來。加上這次她的身體不適，是因為回復藥水飲用過量，只能先等藥效消退。要是藥效退了以後身體狀況仍沒好轉，就會請領主一族的醫生過來了吧。

Q 第五部Ⅱ的〈序章〉裡，斐迪南贊同過特羅克瓦爾要以避免政治鬥爭為首要之務的發言，可是上面兩個兒子差點要因王位而展開鬥爭時，特羅克瓦爾卻未指定繼承人，反而是交由艾格蘭緹娜來選擇。感覺特羅克瓦爾的言行不太一致，但他是否做過什麼呢？

A 會由艾格蘭緹娜做選擇，是前任奧伯．庫拉森博克的要求。因為他十分同情這名孫女，覺得她明明遠比特羅克瓦爾的兒子們要優秀，原本還會以王族的身分長大，才希望她能有多一點的選擇，並且得到幸福。

Q 蕊兒拉娣她們類似說過，就算想與艾倫菲斯特結緣，也有太多競爭對手，並不容易；比如達穆爾的前未婚妻想與他重新結緣（雖然對方應該已經結婚了，不太可能）或是想要相親嗎？從貴族院畢業以後，是否很少會與他領的同年級生聯絡？這點讓我有些好奇。

A 如讀者所料，達穆爾的前未婚妻已經結婚了。與達穆爾同齡的人大多已經結婚，所以這個年齡層的人要跨領地與人重新結緣或是相親，除非有非常有力的管道，否則不太可能呢。畢業後能否與貴族院時期的朋友保持聯絡，主要是看領地間的關係，而非個人間的情誼。

Q 如果尤修塔斯在亞倫斯伯罕有可以調合的地方，那斐迪南不能也在那裡進行調合嗎？

A 近侍們會在城堡的調合室裡進行調合。尤修塔斯雖能在賽吉烏斯等人的監視下使用調合室，但斐迪南就不太可能了。如同賈鐸夫對羅潔梅茵說過的，因為一般的領主一族不會自己動手，而是交由近侍調合自己需要的東西。再者以斐迪南的身分，他必須優先交接公務與參加社交活動，沒有時間帶著成群的近侍，待在調合室裡沉迷於自己做研究的興趣。

Q 在亞倫斯伯罕，回復藥水與放有艾倫菲斯特餐點的暫停時間魔導具等，這些物品都是放在哪裡呢？既然三個人都沒有秘密房間，感覺不管放在哪裡都有可能被人下毒……

A 魔導具上會有登記了魔力的魔法鎖，又放在房內的私人空間裡，因此若有可疑人士靠近，肯定會有人發現。斐迪南畢竟是亞倫斯伯罕向國王求來的女婿，還因為事態緊急而要求他提前搬來，所以像賽吉烏斯這些亞倫斯伯罕指派給他的近侍們，當然也會守好房間。

Q 勞布隆托臉頰上的傷疤，是因為經歷過連在這個能施展治癒的世界裡也治不好的大戰？還是刻意不消除的呢？

A 是刻意不消除的。把傷疤留下來，是為了提醒自己別忘了過去的痛苦和後悔。

Q 艾格蘭緹娜是前第三王子之女這個事實似乎並未公開，但名字當中仍有「多塔」這個中間名。意即設定上她是某個人的女兒嗎？

A 意即她是已逝生母的女兒。艾格蘭緹娜舉行洗禮儀式時，庫拉森博克的領主還沒換人，所以她雖然是奧伯．庫拉森博克的直系血親，卻不是親生女兒，便有了具有養女之意的名字。當娘家與收養方是同樣的姓氏時，便會將「多塔」後方的姓氏省略，所以她這樣的名字在由同族人收養的養子女身上很常見。倘若艾格蘭緹娜曾以第三王子之女的身分受洗，她的名字便會顯現出她是有庫拉森博克血統的旁系王族；但艾格蘭緹娜在受洗前便搬去了庫拉森博克，所以並沒有象徵王族身分的名字。

Q 娜葉拉耶是經由怎樣的原委嫁給席格斯瓦德王子？感覺席格斯瓦德會娶她不單純是出於愛情。

A 就是一般的原委。當時席格斯瓦德為了得到王位，早已決定要迎娶艾格蘭緹娜為第一夫人，便在領地相當、年紀也相當的情況下娶了娜葉拉耶當第二夫人。由於是從候補人選當中挑選自己喜歡的類型，所以雖是政治聯姻，但並非完全沒有感情。

Q 對藍斯特勞德來說，艾格蘭緹娜與羅潔梅茵分別是怎樣的存在呢（推崇的偶像、戀愛對象還是憧憬的女性等）？

A 是適合當模特兒、想將其畫下來的對象。該怎麼形容才好呢……用現代人能懂的方式說明的話，就是繆思？三個選項當中的話則是推崇的偶像吧。

Q 藍斯特勞德似乎有未婚妻，那他比求娶迪塔的時候，未婚妻是否曾因此和他吵架，比如鬧脾氣之類的？還是說兩人的婚約毫無戀愛成分？抑或是從政治考量來看可以接受？

A 身為未婚妻心裡多半不是滋味，但也早就明白藍斯特勞德總有天會向他領求娶第一夫人，自己會是第二夫人了。況且領主夫婦都已同意，藍斯特勞德也判定求娶羅潔梅茵對領地有好處，她當然不會公開抱怨。

Q 對於自己繡好的披風長年來都在斐迪南手裡，海斯赫崔的妻子作何感想呢？

A 她對這麼蠢的丈夫感到生氣，也很無奈，但對於被迫收下披風的斐迪南並沒有什麼想法……反倒有些同情他，覺得受到海斯赫崔青睞還真辛苦。

Q 蒂緹琳朵會不喜歡羅潔梅茵，是因為她是養女嗎？

A 是的。因為一般在尤根施密特，就連異母手足，也會當成他人看待。她心裡只覺得明明是非親非故的養女，別裝作是我的親戚吧。

Q 關於教人頭疼的蒂緹琳朵，請問從魔力量與屬性來看，她當起暫代領主算是無可挑剔嗎？另外對母親來說，蒂緹琳朵似乎不是一顆好用的棋子，那她究竟對女兒有何看法呢？

A 由於僅剩蒂緹琳朵這個人選，可以說是迫不得已的選擇。畢竟她的缺點說也說不完。看在母親喬琪娜眼裡，是個連棋子也當不好的不成材女兒。要是還有一名自己親生的、成年前後的領主候補生，她看也不會看蒂緹琳朵一眼吧。

Q 蒂緹琳朵如果妥善接受過教育，會不會就不是暫代，而會被扶持為一般的下任領主？那以這樣的身分，可以順利找到領主候補生來當自己的夫婿嗎？

A 畢竟是大領地亞倫斯伯罕，教師陣容的水平本就相當優秀，所以應該說是如果蒂緹琳朵有幹勁和毅力，也肯努力並認真學習的話……這樣比較正確。此外，她若想在貴族院內找到同齡的領主候補生當夫婿，其實與她個人的資質無關，主要是父親奧伯．亞倫斯伯罕必須擁有健康的身體。因為若非奧伯身體狀況不佳，否則根本不需要找人暫代奧伯之位，也能順利地為她招贅或是找到出嫁的對象吧。

Q 第四部Ⅷ〈終章〉裡，蒂緹琳朵口中與她成為戀人的中央騎士是何方神聖？

A 是前來蒐集情報的一名中央騎士。其實他只是忠於職守，本人並不認為自己與蒂緹琳朵是戀人關係。

Q 蒂緹琳朵送給斐迪南的訂婚魔石上刻了什麼呢？依她的個性與對斐迪南的態度，總讓人有不好的想像，覺得她是不是命令近侍隨便做了一個訂婚魔石。

A 無論如何訂婚魔石不能交由他人來做，所以是蒂緹琳朵自己做的。刻在魔石上的文字，是十分常見的「感謝諸神賜予的緣分」。

Q 奧伯．亞倫斯伯罕的死因是什麼？是有計畫地下毒，好操控他的死亡時間嗎？

A 使用的毒藥與塗在羅潔梅茵聖典上的毒物相同。

Q 前任奧伯．艾倫菲斯特實際上對薇羅妮卡抱有什麼想法？

A 認為她擁有亞倫斯伯罕的血統，自己身為領主必須尊重她；也覺得她從小就受到萊瑟岡古欺凌，自己應該要保護好妻子。

Q 艾倫菲斯特之所以沒有參與先前的政變，是因為不想讓算是旁系王族的「阿妲姬莎之實」斐迪南浮出檯面，才刻意積極地保持中立嗎？究竟是基於想保護「兒子」的父愛？還是基於政治考量，為了保護領地所做的判斷？

A 前任奧伯雖沒打算讓容易被捲進紛爭裡的斐迪南浮出檯面，但也不是因此「刻意積極地」保持中立。主要當然是基於政治考量所做的判斷。當時艾倫菲斯特的領地排名靠末，就算參與政變也提供不了多少戰力，因此參與的好處不大，反而落敗時得承擔極大的風險。下任領主齊爾維斯特又還年輕，為了守護艾倫菲斯特，前任領主只能堅決保持中立。

Q 芙蘿洛翠亞大人決定嫁往艾倫菲斯特的契機是什麼？

A 比較算是她還對齊爾維斯特的熱烈追求感到驚訝時，身邊的人就已經被打點好了。並不是她自己想嫁或決定嫁過去，而是兄長與嫂嫂推薦以後，父親也同意了齊爾維斯特的求娶，兩人的婚事便訂下來。

Q 當初韋菲利特字也不會寫、飛蘇平琴也不會彈，更不懂得半點禮儀，薇羅妮卡真的覺得他能在貴族院內表現良好嗎？

A 大概到了某個時機點就會態度丕變，變得非常嚴厲吧。還會說：「齊爾維斯特做得到的事情，你竟然做不到，果然是母親那邊的血統不好吧？」

Q 白塔事件，韋菲利特的近侍奧斯華德是否也有參與？否則他與人交接的時機未免太剛好了吧。

A 沒有。奧斯華德並未向喬琪娜宣誓效忠，所以並未參與此事。反而為免他打亂計畫，也派了人監視他。

Q 韋菲利特對蒂緹琳朵有種親切感，那對於她的言行有什麼感想呢？

A 由於和祖母長得很像，大概稍微勾起了他想念的心情。此外並沒有什麼感想。

Q 尤修塔斯就讀貴族院時，是在沒有主人的情況下修習侍從課程，那他是怎麼提高自己分數的？

A 如果沒有主人，單純只是課堂外加分與扣分的機會減少了而已。因為即使是領主候補生的近侍，主人也未必正在貴族院就讀。有可能主人還沒入學，抑或已經畢業了人在領地，在學期間沒有重疊是很正常的事情。

Q 想知道尤修塔斯是在何時獻名。是等斐迪南（好像是三年級時）一取得思達普就馬上獻名嗎？還是在那之後不久，發生了他決定獻名的事情？

A 是斐迪南取得思達普的三年級那時候。聽到尤修塔斯說：「我效忠於您，就算要我獻名也無所謂。」並不相信的斐迪南還打發他說：「別胡說八道了。」結果尤修塔斯真的帶著獻名石跑來，讓斐迪南十分困惑。

Q 尤修塔斯對古德倫有什麼想法呢？

A 覺得姊姊的人生在各方面都抽到了下下籤吧。因為黎希達不再擔任喬琪娜的首席侍從以後，便要自己的女兒過來服侍她；等到主人嫁往他領，姊姊又被解除近侍的職務，然後嫁給身體虛弱的托勞戈特父親。有個成天仗著身分耀武揚威的丈夫，以及從小看著父親長大的兒子，為此傷透腦筋的同時，名字還被男扮女裝的弟弟借用。

Q 古德倫一直到喬琪娜結婚前都擔任她的近侍，沒被要求獻名嗎？

A 因為她是黎希達的女兒，又是尤修塔斯的姊姊；與領主的關係太近，不適合要求獻名。

Q 雷柏赫特是什麼時候得知哈特姆特要就任為神官長？想知道他當下的心情。

A 雷柏赫特會以芙蘿洛翠亞的文官之身分出席會議，所以是在哈特姆特自薦說「我認為自己最適合」的那時候。嗯，簡直青天霹靂呢。他當下在想：「你腦袋糊塗了嗎？怎麼能自己進入神殿，應該設法讓羅潔梅茵大人離開才對！」

Q 哈特姆特似乎也很努力在做戰鬥訓練，那他現在多強了？若與克拉麗莎以及達穆爾戰鬥，想知道分別會有什麼結果。

A 他完全贏不了克拉麗莎。但面對達穆爾只要使出魔力和魔導具硬拚，也能贏個幾次吧。

Q 想知道萊歐諾蕾、谷麗媞亞、繆芮拉和馬提亞斯選擇各自職業的理由。

A 萊歐諾蕾選擇騎士的理由不只一個，其中包括萊瑟岡古需要有貴族能討伐魔獸、被告知需要有女性親族擔任羅潔梅茵大人的護衛騎士，以及看到柯尼留斯奮發向上的模樣等等。谷麗媞亞則是父母強迫，因為侍從最容易與其他人家有交流。繆芮拉選擇文官是因為最有機會接觸書本，便於自己逃避現實。馬提亞斯則與達穆爾類似，都是文官也可以，但考量到自己在家裡的處境後選擇了騎士。

Q 請問還有其他人的出生也像谷麗媞亞這樣嗎？如果有的話，其他人怎麼樣了？

A 所謂像谷麗媞亞這樣，是指在神殿出生的孩子嗎？有的會被母方的親族帶回去當下人，有的則為了抹除其出生的事實，被丟進孤兒院的底樓裡。由於谷麗媞亞的魔力量較多，當時又正值貴族人數減少的時期，她才能成為貴族。儘管她的成長過程艱辛，感受不到親情溫暖，但在神殿出生的孩子們當中也許算是比較幸運的了。

Q 繆芮拉是以什麼為根據，向蕊兒拉娣建議說羅潔梅茵的儀式值得一看？

A 不光是繆芮拉，艾倫菲斯特的學生們一直以來都看著羅潔梅茵詠唱禱詞，做出各式各樣的事情。比如受洗後在冬季的首次亮相上，一邊彈琴一邊釋出祝福；表揚儀式上遇襲時變出了舒翠莉婭之盾；為了要獻名的近侍們治癒採集場所等。大家也都知道藉由祈禱，羅潔梅茵成功取得了許多加護。加上繆芮拉自己也是在親眼看過羅潔梅茵的言行以後，才改變了對儀式與神殿的偏見，所以認為最好眼見為憑。

Q 菲里妮擁有的平民服裝是怎麼取得的呢？

A 拜託下人去平民區買來的。

Q 馬提亞斯與哥哥們的感情算好嗎？

A 不算非常好，但也不算很差。與大哥是因為年紀差距太大，沒有什麼交集。

Q 第三部特典短篇裡的克莉思黛大人的姊姊及其家人，以及藝術巫女克莉絲汀妮大人與其家人，是否遭到了肅清？

A 克莉思黛的姊夫受到了罰款這種輕微的處分。克莉絲汀妮嫁往的人家雖然沒向喬琪娜獻名，但罪行在舊薇羅妮卡派中是最重的，處分也重到差一點就要被處刑。

Q 同樣被說異於常人的斐迪南，在三年級舉行儀式時取得了多少加護？還有為什麼他還沒進入神殿，就能取得那麼多加護？

A 他取得了將近二十個加護。與齊爾維斯特不同，斐迪南自受洗後就開始詠唱禱詞、供給魔力。另外也是多虧了薇羅妮卡吧。她好幾次都讓斐迪南供給到了魔力快枯竭的地步，所以斐迪南奉獻了非常多的魔力，還很認真地祈禱：「如果真的有神就幫幫我吧。」

Q 當初旁人想撮合斐迪南大人與瑪格達莉娜大人時，他實際上有什麼想法呢？雖然並不喜歡對方，但也樂見其成嗎？

A 不僅能遠離薇羅妮卡，還能成為大領地的領主一族，再也不能對他出手，這對他來說自然再好不過，所以樂見其成。

Q 動畫裡頭，斐迪南大人的秘密房間整理得相當乾淨，那他喜歡打掃嗎？

A 因為擺放位置都已經固定了，像調合器具等用品都會收在既定的位置上；至於書籍和木板，則是隨意堆在自己能找到的地方就好。而且他魔力豐富，很輕易就能施展洗淨魔法，所以房間不太會弄髒；但由於出入過赫思爾的研究室，對雜亂與髒污有一定的容忍。

Q 斐迪南居然有辦法處理魚，那他以前是怎麼取得魚類的？艾倫菲斯特又不靠海，對此感到十分神奇。

A 一直以來他處理過很多原料喔。就讀貴族院時只要拿魔導具交換，不怕沒人與他做交易。

Q 斐迪南是否確實拿到了亞倫斯伯罕撥給他的預算？該不會發給近侍的薪水是他自掏腰包吧？

A 畢竟是他們強行要求斐迪南提早過來，又負責領導階層的工作，自然會撥不少預算給他。給近侍的薪水也是從預算裡發放，請放心吧。

Q 斐迪南曾向前任領主獻名，那是在什麼時候？基於什麼理由？

A 為免名字被薇羅妮卡奪走，前任領主便建議斐迪南可以向自己或齊爾維斯特獻名。

Q 斐迪南留有離宮出身的紀錄，那不管是誰都能閱覽這份資料嗎？

A 只有王族可以閱覽。但那份資料其實並不是記載著斐迪南為離宮出身，僅是寫著前任奧伯．艾倫菲斯特收養了離宮裡的男孩。然後根據時間與男孩的年紀，知情的人都認為肯定是斐迪南。

Q 斐迪南似乎因為羅潔梅茵式魔力壓縮法而讓魔力增加了兩倍以上，那在目前已出版書籍的登場人物中，尤根施密特境內有他能感知到魔力的對象嗎？

A 艾格蘭緹娜勉強可以吧？另外就是已經退休的「老奶奶老師」？其他幾乎想不到。

Q 斐迪南以前除了冬天也一直待在貴族院，那段時間也都在上課嗎？

A 冬天以外只有讓學生免於留級的補課，而且除了想做研究的怪人外幾乎所有老師都離開了，所以不可能上課。斐迪南會趁著春天到秋天這段時間預習與做研究，開始上課後就馬上通過考試、修完所有的課。後來他也要求羅潔梅茵做到一樣的事情。

Q 以前斐迪南與薇羅妮卡似乎可以感知到彼此的魔力，那在多大的範圍內可以感知到？待在城堡裡的時候都感知得到嗎？

A 如果是在城堡的同一棟樓裡就感知得到，但如果一個在東邊的別館，一個在南邊的辦公室，就很難感知到了。

Q 斐迪南圖畫得很好嗎？好到怎樣的程度？可以贏過葳瑪或藍斯特勞德嗎？

A 他畫得很好喔。但若要以圖畫論輸贏，結果我也不清楚。比如記錄藥草的時候，斐迪南為了追求正確性與細膩程度，圖確實畫得很好，但對於畫畫並不熱中也不投入，所以畫出的圖畫應該不屬於能吸引人的那種。

Q 梅茵因為是身蝕，不管是誰的同步藥水都容易入口，那用魔導具進行魔力配色的時候，也不管對象是誰都會有一樣的結果嗎？與並非身蝕的貴族間的魔力配色相比，又有什麼不同嗎？

A 當下都會偏向將梅茵染色的魔力，因此不算是都有一樣的結果。但與一般的貴族相比，身蝕很容易就能被染色。貴族之間則很難染上彼此的魔力，所以結果會有很大的不同。

Q 羅潔梅茵很容易就灑出祝福，甚至已經到了異常的地步，這是因為她魔力很多嗎？還是因為她是身蝕？

A 魔力很多當然是原因之一，但主要是因為在神殿生活時，為了舉行儀式，她從一開始就學到祈禱的同時一定要釋放魔力。

Q 關於財產的繼承。羅潔梅茵繼承了斐迪南的房子和原料等財產，這在尤根施密特境內有多麼不尋常呢？兩人是叔姪關係，斐迪南又是羅潔梅茵的監護人，這種情況下繼承斐迪南的財產很正常嗎？

A 受監護人繼承監護人的財產並不是奇怪的現象喔。斐迪南若有親生子女的話，或許會很奇怪吧……

Q 羅潔梅茵發燒的時候，斐迪南一定會來為她檢查嗎？

A 不一定。通常是喝下藥水以後，觀察了兩天左右依然沒有好轉的跡象，或是與平常的不適不同，需要請醫生來看的時候；以及早就料到羅潔梅茵會病倒，斐迪南還是提出了無理要求的時候等。基本上不管在神殿還是在城堡，都只會由侍從在旁看護。平民時期病倒的時候，大多也只是躺在床上休息，所以羅潔梅茵對此並無不滿。

Q 麗乃家很有錢嗎？因為她明明從小就失去父親，卻有辦法上才藝班，母親還是家庭主婦卻過得隨心所欲；既能讀大學，還有一棟房子……所以是父親留下了相當可觀的遺產？還是母親其實是超級女強人？

A 會有一棟房子，是因為當初購屋的貸款有條保險，即是父親（貸款人）一旦過世就不用再支付房貸。至於才藝都是讓她同時學習兩種，然後不停變換。生活費除了有當初車禍的賠償金與壽險的保險金等遺產，還有祖父母給予的援助與投資等。

Q 梅茵很怕看到血，可是解剖學的相關書籍上會有圖解或照片吧？麗乃那時候就不怕嗎？那敢看恐怖或懸疑類的作品嗎？

A 教科書上那種類似插圖的圖解沒問題，但看到鬼屋裡的血漿會尖叫。血腥駭人的描寫也是只看文字敘述的話還沒關係，但動起來就不敢看。

Q 羅潔梅茵做出了很多東西，那她沒有想用料理重現故鄉滋味的野心嗎？看她似乎非常想念麗乃母親的料理，所以好奇問一下。

A 頂多只覺得「要是能找到原料就好了」，不到懷有野心的程度。因為書比料理更重要。

Q 羅潔梅茵覺得卡斯泰德的帥氣度僅次於爸爸，果然因為麗乃那時候是單親家庭，對於父親有種憧憬嗎？

A 由於從小身邊就沒有父親，在她不曉得該怎麼互動的時候，一個勁黏上來、傾注教人窒息的父愛、為她建立起父親形象的人正是昆特。而忙得要死的騎士團長願意陪著女兒採集原料，卡斯泰德光憑這點就顯得非常帥氣。父親這個身分確實從一開始就幫他加了不少分。

Q 梅茵要是照著原定計畫成為卡斯泰德的養女，會對外公開他將平民收為養女嗎？對此是否有過什麼設定？梅茵能見到家人嗎？

A 當然有過設定喔。只不過她與家人以及平民區的聯繫，到了十歲就會徹底斷絕。而且上級貴族的千金不會成為神殿長，也就不可能有機會見到昆特或伊娃。與奇爾博塔商會或許勉強還能談生意吧？但根據羅潔梅茵的身世設定，艾薇拉也有可能不允許她出入顧客全是下級～中級貴族的奇爾博塔商會。要想再見到路茲與多莉，最快也要等到兩人成年以後了。

Q 梅茵有喜歡的顏色嗎？

A 很難明確指定某個顏色呢。如果是羅潔梅茵，她喜歡平民區家人的髮色以及路茲和班諾眼睛的顏色，因為能讓她安心。如果是平民時期的梅茵，她喜歡剛做好紙張的顏色，因為最讓她興奮。如果是想起麗乃記憶之前的梅茵，她喜歡樹木、青草和天空這種戶外的顏色。

Q 多莉很擅長做髮飾，那縫衣刺繡這方面的裁縫師能力又是如何呢？

A 在珂琳娜的工坊內算是普通。因為很少有時間練習，不如髮飾的製作出色。

Q 故事裡說過芙麗妲拒絕成為第二夫人，所以貴族能和貴族以外的對象（身蝕、青衣巫女、當不了貴族的下人等）結婚嗎？還是說若要納為第二夫人，是因為有打算讓她去就讀貴族院？

A 由於不能正式成婚，芙麗妲只會是愛妾。若要納為第二夫人，會在受洗前藉由收養讓她成為貴族。

Q 關於芙麗妲很愛錢這一點，家人與宅邸裡的侍從有什麼想法呢？

A 為漢力克提供金錢援助不僅能確保自己的地位，還能在貴族區建立人脈。他們都覺得芙麗妲是做事可靠的商人之女，真不愧是大小姐。

Q 芙麗妲現在在做什麼呢？

A 在第五部Ⅱ這時候，為了製作領地對抗戰的點心，她正負責指揮調度，讓渥多摩爾商會、義大利餐廳和家裡的廚房全速趕工中。

Q 關於很忙的歐托先生，他有辦法偶爾去找父母親見一面嗎？等睿娜特受洗了，也能帶著她一起去嗎？

A 婚後還只有通信，沒有見過面，但想去的話並無問題。即便歐托原是旅行商人，但先前若想帶著孩子出遠門還是不容易。但是，現在法雷培爾塔克藉由認真舉行儀式，收成增加了，治安也慢慢變好，相信幾年後一定能成行。

Q 班諾為何認得出齊爾維斯特？

A 他曾作為貴族的專屬商人，去城堡領取過魔法契約用的墨水，所以見過齊爾維斯特。

Q 卡琳後來怎麼樣了？

A 回到庫拉森博克以後與父親大吵一架，開了自己的店。

Q 官方漫畫選集裡的情報可以視為官方設定嗎？

A 不行喔。奧多南茲不會變成企鵝，羅潔梅茵也不會為艾薇拉表演日式偶像應援。

Q 作者「希望有朝一日能做出來♡」的「小書痴周邊商品」有什麼呢？

A 有很多喔，但如果在這邊坦白公開，可能會給責任編輯造成困擾，所以請容我保密（笑）。例如在討論的時候，我都會提出意見說：「我想要這樣的周邊商品，請問做得出來嗎？」

每次都很突然的
四格卷末漫畫
出差版
輕鬆悠閒的家族日常
作畫：椎名優
攪啊攪，攪啊攪，顏色就變啦～
登登登～～♪
妳這奇怪的臺詞到底在說什麼？
說到扮裝
這個世界沒有大家一起喬裝打扮、舉辦派對的活動呢。
聽起來是不太需要動腦的活動。
另外還有戴上面具，在不曉得彼此真實身分的情況下一起跳舞，
或是假扮成妖怪去討糖果的活動喔。
啊、嗯……假扮成蘇彌魯好像也不錯呢。

心愛的偶像

今天我帶了適合加入「愛之會」的新成員過來。
兩位好，我是戴肯弗爾格的克拉麗莎!!
為了這份愛，我願意捨身奉獻自己!!
但凡與羅潔梅茵大人有關的事情，我可以沒有止境地說下去!!這正是所謂的愛!!
嗅、嗅……
「愛之會」……
即便要我舔羅潔梅茵大人的腳，我也樂意之至!
唔。
要我舔了或是腳都儘管來!!
就算反過來被舔我也心甘情願!!
請不要開口閉口一直說舔!!
梅茵身邊真多怪人呢。

正義

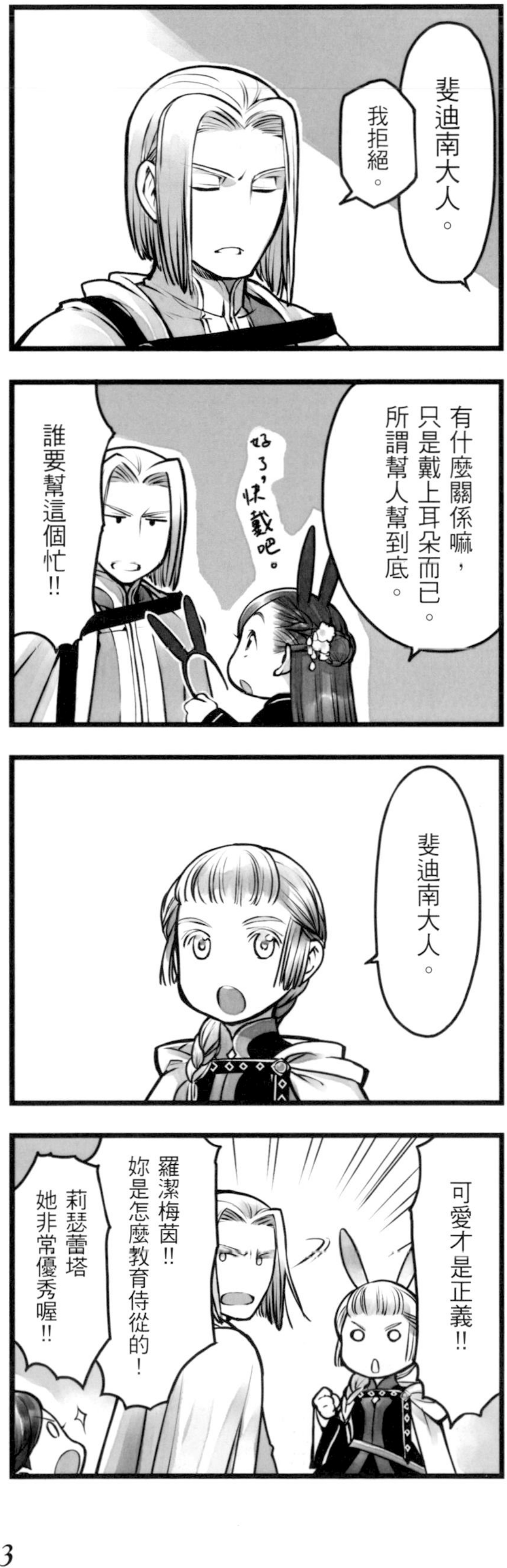
斐迪南大人。
我拒絕。
有什麼關係嘛，只是戴上耳朵而已。所謂幫人幫到底。
好了，快戴吧。
誰要幫這個忙!!
斐迪南大人。
可愛才是正義!!
羅潔梅茵!!妳是怎麼教育侍從的!
莉瑟蕾塔她非常優秀喔!!

作者群留言板

香月美夜

FANBOOK第五集！不僅收錄了動畫的片尾卡片，
Q＆A更回答了歷來最多的問題。
規模擴張以後的世界觀都濃縮在了這本書裡，敬請好好享用。

椎名優

FANBOOK也來到了第五集。
參與的工作人員越來越多，感覺像是每年都在升級呢。
明明我的工作量一點也沒變！太驚人了！（有種賺到的感覺）

鈴華

看到香月老師在Twitter上透露的幕後設定，我不過就是說了句「好想看！」，不知為何卻變成了要自己畫……真神奇！
希望大家看得開心。

波野涼

薩克的果敢與約翰的專注，兩人都是很有匠人精神的工匠，畫得好開心！

皇冠叢書第5030種
mild 905

小書痴的下剋上FANBOOK 5
為了成為圖書管理員不擇手段！

本好きの下剋上
司書になるためには
手段を選んでいられません
ふぁんぶっく5

國家圖書館出版品預行編目資料

小書痴的下剋上FANBOOK. 5, 為了成為圖書管理員不擇手段!/香月美夜著；椎名優繪；鈴華, 波野涼漫畫；許金玉譯. -- 初版. -- 臺北市：皇冠文化出版有限公司, 2022.06
面；　公分. -- (皇冠叢書；第5030種)(mild；905)
譯自：本好きの下剋上ふぁんぶっく：司書になるためには手段を選んでいられません. 5
ISBN 978-957-33-3894-9(平裝)

861.57　　111007122

作者—香月美夜
插畫—椎名優
漫畫—鈴華、波野涼
譯者—許金玉
發行人—平雲
出版發行—皇冠文化出版有限公司
臺北市敦化北路120巷50號
電話—02-27168888　郵撥帳號—15261516號
皇冠出版社（香港）有限公司
香港銅鑼灣道180號百樂商業中心19字樓1903室
電話—2529-1778　傳真—2527-0904
總編輯—許婷婷　責任編輯—陳怡蓁
美術設計—嚴昱琳　行銷企劃—蕭采芹
著作完成日期—2019年　初版一刷日期—2022年6月

法律顧問—王惠光律師

讀者服務傳真專線—02-27150507　電腦編號—562044
ISBN 978-957-33-3894-9
Printed in Taiwan
本書特價—新台幣299元/港幣100元